Kein Fall für Mr. Holmes

ECON Krimi
Morde auf die feine englische Art

Aus der Reihe *Morde auf die feine englische Art* sind außerdem lieferbar:

Heron Carvic: **Miss Seetons erster Fall** (TB 25995)
Heron Carvic: **Miss Seeton kann's nicht lassen** (TB 25996)
Heron Carvic: **Miss Seeton riskiert alles** (TB 25179)
Heron Carvic: **Miss Seeton und der Hexenzauber** (TB 25184)
J. C. Masterman: **Das Oxford-Komplott** (TB 25998)
W. Bolingbroke Johnson: **Tod in der Bibliothek** (TB 2599)
Georgette Heyer: **Vorsicht Gift!** (TB 25997)
Georgette Heyer: **Schritte im Dunkeln** (TB 25994)
Anne Katherine Green: **Der Filigranschmuck** (TB 25180)
Anne Katherine Green: **Der Fall Leavenworth** (TB 25181)
J. B. Priestley: **Von der Nacht überrascht** (TB 25183)

Starb Lady St. Clair tatsächlich eines natürlichen Todes? Ihre Angestellte Violet Warner glaubt nicht an die Version der hochherrschaftlichen St. Clairs und schaltet Sherlock Holmes ein. Dieser befindet sich gerade mit Dr. Watson auf Reisen, und so nimmt Emma Hudson Violets Eiltelegramm entgegen. Als Haushälterin des Meisterdetektivs hat sie sich selbstverständlich einige kriminalistische Fähigkeiten angeeignet. So ist es auch kein Wunder, daß Spürnase Mrs. Hudson *Mord* wittert, als eine unidentifizierbare Leiche auf Haddley Hall gefunden wird ...

Sydney Hosier

Kein Fall für Mr. Holmes

Kriminalroman

Aus dem Amerikanischen von Antje Knoop

ECON Taschenbuch Verlag

Für Harry James Hosier

Veröffentlicht im ECON Taschenbuch Verlag
Der ECON Taschenbuch Verlag ist ein Unternehmen
der ECON & List Verlagsgesellschaft
Deutsche Erstausgabe
© 1997 by ECON Verlag GmbH, Düsseldorf und München
© 1996 by Sydney Hosier
First published by AVON Books, New York
Titel des amerikanischen Originals: Elementary, Mrs. Hudson
Aus dem Amerikanischen übersetzt von Antje Knoop
Umschlaggestaltung: Theodor Bayer-Eynck, Coesfeld
Titelabbildung: Beate Dartmann, Münster
Lektorat: Gisela Klemt
Gesetzt aus der Baskerville, Linotype
Satz: Josefine Urban – KompetenzCenter, Düsseldorf
Druck und Bindearbeiten: Elsnerdruck, Berlin
Printed in Germany
ISBN 3–612–25182–1

Danksagung

Dem Kommandeur G. S. Stavert – MBE, MA, Königliche Marine (i. R.) – dem Ehrenwerten Sekretär der Sherlock-Holmes-Gesellschaft, England.
Ebenso dem Andenken an Sir Arthur Conan Doyle, ohne dessen geniale Schöpfung der ursprünglichen Figuren dieses Buch nicht möglich gewesen wäre.

Sydney Hosier.

Inhalt

Vorwort	Die Hudson-Sammlung	9
1. Kapitel	Mein Leben und meine Zeit	11
2. Kapitel	Meine Reise nach Haddley Hall . . .	21
3. Kapitel	Mrs. Violet Warner	26
4. Kapitel	Ich mache Bekanntschaft mit den St. Clairs	32
5. Kapitel	Komplizinnen	40
6. Kapitel	Eine außerkörperliche Erfahrung . .	46
7. Kapitel	Das geheimnisvolle Mädchen	61
8. Kapitel	Grund zum Töten	75
9. Kapitel	Ein Gespräch unter vier Augen	87
10. Kapitel	Das Zimmer im obersten Stockwerk	101
11. Kapitel	Mrs. Warner macht Besuche	115
12. Kapitel	Ein Rätsel ist gelöst	137
13. Kapitel	Lebewohl, mein Seemann	152
14. Kapitel	Geständnis	164
15. Kapitel	Schluß	179

Vorwort
Die Hudson-Sammlung

Mrs. Emma Hudsons erster Schritt in die Welt der Morde, Geheimnisse und Intrigen des 19. Jahrhunderts begann, scheinbar harmlos, mit einem Telegramm, adressiert an sie in der Baker Street 221B in London. Ihre Reaktion darauf und die damit verbundenen Folgen führten zu einer Karriere als Detektivin, die in vielerlei Hinsicht mit der ihres berühmten und extravaganten Mieters Sherlock Holmes konkurrieren konnte.

Obwohl Mrs. Hudson später eine Reihe von Büchern über ihre Aktivitäten verfaßte, habe ich keinen Hinweis darauf finden können, daß sie je eines ihrer Manuskripte einem Verlag vorlegte. Ob sie dies unterließ, damit sich das öffentliche Interesse nicht in dem Maße auf sie richtete, wie es im Fall von Holmes geschehen war, läßt sich heute nicht mehr sagen.

Nach ihrem Tode im Jahre 1917 wurde ihre persönliche Habe, wie in ihrem Testament festgelegt, ihrer einzigen lebenden Verwandten zugeschickt: Mrs. Maude Havelock aus Harrowsbridge, Sussex, einer entfernten Cousine mütterlicherseits.

Ich habe keine Ahnung, was mit dem Großteil ihrer Habe geschehen ist, aber ich weiß, daß die Manuskripte ebenso wie einige Erinnerungsstücke in Kartons auf Mrs. Havelocks Dachboden verstaut wurden.

1945 vermählte sich Mrs. Havelocks Enkelin Diana mit Harold Thompson, einem Sergeanten der kanadischen Armee, welcher zu dem Zeitpunkt in England stationiert war. Nach dem Tod ihrer Großmutter im Juli desselben Jahres entdeckte Diana die Schriften von Mrs. Hudson – die Hudson-Sammlung – auf dem Dachboden der alten Dame. Mit der Erkenntnis, daß die vergilbten Seiten mehr als nur

Erinnerungen an vergangene Zeiten enthielten, beschloß Diana, sie aufzubewahren.

Als sie im folgenden Jahr per Schiff den Atlantik überquerte, um ihren Mann in seine Heimat zu begleiten, nahm sie die Hudson-Sammlung mit. In dem neuen Land war Diana Thompson überwiegend mit ihrem Eheleben beschäftigt. Deshalb verstaute sie die Kartons in dem Keller ihres Vorstadt-Bungalows. Und dort blieben sie.

Vor etwas mehr als zwei Jahren erfuhr ich durch die Thompsons, die ich über gemeinsame Freunde kennengelernt hatte, von der Sammlung. Als sie ihrerseits erfuhren, daß ich Schriftstellerin war, fragten sie mich, ob ich daran interessiert wäre, das Material durchzusehen, in der Hoffnung, es irgendwie zu ordnen und so eventuell eine Veröffentlichung zu ermöglichen. Da ich eine Liebhaberin von Detektivromanen bin, nahm ich die Aufgabe gerne an.

Zu den Manuskripten, die sich mit den Fällen beschäftigten, in die Mrs. Hudson verwickelt war, fand ich persönliche Briefe, Postkarten, verblichene Fotografien, einige kleine Ölgemälde ländlicher Gegenden und das erwähnte Telegramm, welches von ihrer guten Freundin Mrs. Violet Warner an sie geschickt worden war. Leider existierten keine Briefe zwischen Mrs. Hudson und Sherlock Holmes.

In der Bearbeitung und erneuten Niederschrift des ersten Falles von Mrs. Hudson habe ich besondere Sorgfalt darauf verwendet, den Verlauf der Geschichte, wie sie ihn in ihrem reinlichen und ausführlichen Manuskript dargestellt hat, wahrheitsgetreu wiederzugeben. Die einzige Änderung von Bedeutung habe ich in bezug auf den Titel vorgenommen. Ich änderte *Die Morde auf Haddley Hall* in *Kein Fall für Mr. Holmes*. Ich bin sicher, Mrs. Hudson und auch Mr. Holmes selbst wären damit einverstanden gewesen.

J. Sydney Hosier
Toronto, Ontario
Kanada.

1. Mein Leben und meine Zeit

Mein Name ist Emma Hudson. Meine Verwicklung in die tragischen und geheimnisvollen Ereignisse, die ich nun niederschreibe, begann mit einem Telegramm aus Surrey, das zu meinem Wohnhaus in der Baker Street 221B in London geschickt wurde, und zwar am 8. Oktober 1898 – ein Datum, welches mir noch gut in Erinnerung ist.

Hätte mir jemand prophezeit, daß ich meinen Lebensabend mit der Verfolgung und Ergreifung krimineller Elemente unserer Gesellschaft verbringen würde, so hätte ich ihn – gelinde gesagt – für verrückt erklärt. Und dennoch ging ich genau dieser Beschäftigung nach, bis mich eine Krankheit zu Ruhestand und Abgeschiedenheit zwang.

Was meine Jugend und meine anschließende Heirat betrifft, so bringe ich die folgenden Informationen dar, wobei es mir der Leser sicher verzeihen wird, wenn ich aus Eitelkeit das Geburtsdatum auslasse. Es möge genügen zu sagen, daß ich in Portsmouth als einziges Kind von Captain Roger Abernathy und seiner Frau geboren wurde. Mein Vater war Kapitän bei der Blackwell Schiffahrtsgesellschaft und starb den Seemannstod, wie auch alle anderen Mitglieder seiner Mannschaft außer einem, als sein Schiff, die *Albatros,* irgendwo vor der Küste Westmalaysias sank. Meine Mutter verschied nur wenige Monate, nachdem uns die Nachricht vom Schicksal meines Vaters ereilt hatte.

Obwohl Angehörige der medizinischen Zunft (und damit auch ein gewisser Dr. Watson, auf den ich später noch zu sprechen komme) meine Diagnose sicher rasch verspotten werden, so bin ich bis zum heutigen Tage davon überzeugt, daß ihr Ableben auf nichts anderes als auf ein gebrochenes Herz zurückzuführen war.

Zum Zeitpunkt dieses äußerst unglücklichen Ereignisses in meinem Leben war ich erst 18 Jahre alt, und wäre William Hudson, der einzige Überlebende der vom Schicksal getroffenen *Albatros*, nicht gewesen, ich wüßte nicht, was aus mir geworden wäre.

Ich kannte Mr. Hudson seit meiner Kindheit, denn er war nicht nur der erste Schiffsoffizier und Freund meines Vaters, er verbrachte auch die Zeiten zwischen den Reisen in unserem Hause.

Er war ein Mann mit einem sowohl angenehmen als auch aufrichtigen Wesen. Und ich täte unrecht, wenn ich nicht selbst zu diesem späten Zeitpunkt zugäbe, daß ich schon als Mädchen für ihn geschwärmt hatte.

Obwohl er gut fünfzehn Jahre älter war als ich, erwiderte er meine Gefühle (auf sehr diskrete Art und Weise, das kann ich Ihnen versichern). Ein vielsagender Blick, ein wohlwissendes Lächeln oder das beiläufige Berühren meiner Hand – es war ein beiden Seiten bewußtes, unausgesprochenes Werben, und ich bin sicher, daß es meiner lieben Mutter viel Kummer bereitete. Oh ja, sie wußte es, wie jede Frau es gewußt hätte. Ich glaube, daß die Frau, ungleich dem Manne, ein Gespür für das Subtile der menschlichen Psyche besitzt, eine Sensibilität, die der des Telegrafendrahtes ähnelt: eine angeborene Fähigkeit, die gesendeten geräuschlosen Signale zu empfangen und zu entziffern.

Geldbeträge, die meine Eltern für ihr eigenes Wohl hätten verwenden können, kamen den besten Lehrer für mich zu, wodurch ich eine Bildung genoß, die weit über meinem gesellschaftlichen Stand lag, und obwohl meine Mutter William selbst sehr mochte, so hätte sie sich ihn doch nicht als Ehepartner für mich gewünscht. Auch wenn ich ihren Wunsch nach einer Verbesserung meines gesellschaftlichen Ranges heute sehr gut verstehen kann, fürchte ich dennoch, daß meine Sicht der Zukunft – so jung und so leicht zu beeindrucken, wie ich damals war – durch die von Liebe geblendeten Augen beschränkt war.

Mein armer Papa hatte natürlich nicht die geringste Ahnung von meinen Gefühlen. Es ist durchaus gerechtfertigt, wenn ich sage, daß ich meine Beobachtungsgabe – wie ausgeprägt sie auch sein mag – von der Familie mütterlicherseits geerbt habe. Ein kaum merkliches Schwanken in der Stimme, eine allzu schnelle Handbewegung, das unruhige Scharren mit den Füßen oder ein Zukken der Augenbrauen, all dies und noch viel mehr war für mich wie ein »Sesam-öffne-dich« zu der hinter dem Gesagten verborgenen Wahrheit.

Diese Talente verfeinerten sich in den folgenden Jahren immer mehr zu einer besonderen Scharfsinnigkeit, da ich das Glück hatte, aus nächster Nähe einen Mann beobachten zu können, dessen Intellekt denjenigen aller mir bekannten Menschen übertraf. Man hielt ihn für den besten Ermittler in ganz England. Andere haben diese Behauptung als zu einschränkend verurteilt und zogen es vor, ihn als den größten Meister in der Kriminalgeschichte des Britischen Empires anzusehen. Auch wenn ich zugeben muß, daß er nicht sehr viel von Bescheidenheit hielt, so bezeichnete er sich selbst, wenn er gefragt wurde, schlicht und einfach als Privatdetektiv. Aber ich komme vom Thema ab.

Drei Monate nach dem Ableben meiner Mutter bat mich William Hudson um meine Hand. Ich war die glücklichste aller Frauen. Denn ich sollte nicht nur einen guten und liebenswürdigen Mann heiraten, sondern hatte auch von dem Anwalt meines Vaters erfahren, daß ich finanziell abgesichert sei. Obwohl ich nicht so anmaßend sein möchte, mich als Erbin zu bezeichnen, so war der Nachlaß doch ausreichend, um einem frisch verheirateten Paar das Erklimmen der ersten Sprosse auf der Leiter des Lebens zu ermöglichen.

Bevor ich jedoch Williams Antrag annahm, stellte ich zwei Bedingungen, hinsichtlich derer ich unerbittlich war. Zum einen sollte eine Heirat erst stattfinden, nachdem ein

Jahr der Trauer um meine Mutter vergangen war. Zum anderen bestand ich darauf, daß William nicht mehr zur See fahren sollte, um seinen Lebensunterhalt zu verdienen. Ich wußte nur allzugut, daß diejenigen am meisten litten, die an Land auf die Rückkehr ihres Liebsten warteten. Wie oft sah ich Mutter mit geröteten Augen auf die See hinausstarren, ängstlich wartend auf das Auftauchen eines Segels am entfernten Horizont. Ich hatte einen Vater an die See verloren – ich wollte nicht auch noch einen Ehemann an sie verlieren.

Ich nahm zu Recht an, daß William bereitwillig einer Zeit der Trauer zustimmte, aber ich muß gestehen, daß ich etwas verwundert war, als er sich damit einverstanden erklärte, das Leben auf See hinter sich zu lassen. Wenn ich heute darüber nachdenke, hätte ich wohl nicht so überrascht sein müssen. Seit seiner Rückkehr hatten ihn nächtliche Visionen der Gesichter meines Vaters und seiner toten Mannschaftskameraden verfolgt und sollten dies auch bis an das Ende seines Lebens tun. Obwohl er mir nur wenig von dem Untergang der *Albatros* und seiner anschließenden Rettung berichtete, so konnte ich doch über die Jahre hinweg in Erfahrung bringen, was sich in jenen schicksalhaften Monaten, die er auf der anderen Seite der Erde verbrachte, zugetragen hatte.

Der Monsun hatte derart gewaltig und heftig zugeschlagen, daß viele Männer, mein zukünftiger Ehemann eingeschlossen, fast unmittelbar von Bord gespült wurden. Nachdem er in ein Meer von donnernden Winden und bedrohlichen Wellen geworfen worden war, hatte William das ungeheure Glück, ein zerbrochenes Rundholz zu erspähen und zu ergreifen. Um sein Leben ringend klammerte er sich daran fest und trieb fast die ganze Nacht auf den aufgewühlten Gewässern, bis die See den unseligen Körper an einen verlassenen Strand spie.

Nachdem er am nächsten Morgen erwacht war, machte er sich auf, um die Insel zu erkunden. Auf allen vieren erklomm er eine Anhöhe an der Nordküste, von der aus er ein in der Bucht vor Anker liegendes Schiff erblickte, dessen Mannschaft malaiischer Piraten unten am Strand lagerte. Die auf keiner Karte verzeichnete Insel mit ihren verborgenen kleinen Buchten, so mutmaßte er, wurde von diesen asiatischen Abenteurern als Ausgangspunkt benutzt, von dem sie auslaufen konnten, um Handelsschiffe zu überfallen, die auf dem Südchinesischen Meer segelten. Da er allein und unbewaffnet war, hielt er klugerweise während des Tages und bis in die lange Nacht hinein aufmerksam Wache im Verborgenen.

In den frühen Morgenstunden schlich er verstohlen den Hang hinunter und um die schlafenden und berauschten Piraten herum. Rasch und leise manövrierte er ein Boot vom Wassersaum in die Brandung hinein, ruderte mit tiefen und lautlosen Schlägen aufs offene Meer hinaus und gönnte sich erst eine Pause, als sowohl das Schiff als auch die Insel am Horizont verschwunden waren.

Und damit begannen vier Tage und Nächte endlosen Ruderns, bis er – nahezu bewußtlos und phantasierend – gesichtet und an Bord der *City of Bombay,* eines holländischen Ostindienfahrers mit Kurs auf London, genommen wurde.

Auch wenn Mutter und ich über die gesunde Rückkehr Williams natürlich überglücklich waren, so löste das Wissen um das Schicksal meines Vaters bei uns beiden doch eine gewisse Schwermut aus. Als meine Mutter verstarb, mischte sich meine Trauer um sie mit der Aufregung angesichts der auf mich zukommenden Ehe.

Und so wurde ich dann an einem strahlend sonnigen Tag im Juni, ein Jahr, nachdem Mama zur letzten Ruhe gebettet worden war, die Frau William Hudsons. Frohen Herzens und ohne Sorgen reisten wir mit zweifacher Absicht nach London. Wir beabsichtigten, unsere Flitterwochen in dieser Stadt zu verbringen und gleichzeitig ein sowohl privates wie auch geschäftliches Treffen mit Mr.

Albert Warner wahrzunehmen, einem ehemaligen Seefahrer und Jugendfreund meines Mannes.

Mr. Warner war zu dem Zeitpunkt der Inhaber eines Geschäftes für Schiffsausrüstung in London. Er hatte William geschrieben, um in Erfahrung zu bringen, ob mein Mann an einer Teilhaberschaft interessiert sei. Dies erwies sich als die ideale Lösung, denn für einen Mann, der den größten Teil seines Lebens zur See gefahren war, gab es nur wenig Möglichkeiten, an Land eine lukrative Anstellung zu finden.

Ich war von London vollkommen hingerissen. Der Leser möchte berücksichtigen, daß ich zu jener Zeit nicht gerade das war, was man einen welterfahrenen Menschen nannte. Mein Wissen über das, was jenseits der Umgebung von Portsmouth lag, beschränkte sich auf die seltenen Gelegenheiten, zu denen ich als Kind am Herd saß, während Papa – mit der Pfeife in der Hand und einem Glas Brandy neben sich – Geschichten von entlegenen Orten und entfernten Horizonten erzählte. Macao, Chungking, Rangun, Mandalay – selbst nun, während ich schreibe, erfüllt mich der Rhythmus dieser Namen, die einem so leicht auf der Zunge zergehen und die Geheimnisse von Abenteuern im Fernen Osten heraufbeschwören, mit einem Gefühl der Erregung. Diese Liebe für das Unbekannte, herausfinden zu wollen, was hinter dem nächsten Berg liegt beziehungsweise hinter der nächsten Tür, habe ich nur meinem Vater zu verdanken und den Geschichten, die er in jener schönen, lang vergangenen Zeit am knisternden Feuer erzählte.

Wir kamen zu dem mit Mr. Warner vereinbarten Zeitpunkt an unserem verabredeten Ziel an, und nachdem ich aus der Kutsche gestiegen war, trat ich einen Schritt zurück, um den zukünftigen Arbeitsplatz meines Mannes besser in Augenschein nehmen zu können.

Ich erinnere mich an die hellblaue Farbe des Geschäftes. An beiden Seiten des Einganges befanden sich Fenster, in denen eine verschiedenartige und stattliche Auswahl an

Zubehör für die Schiffahrt gefällig ausgestellt war. Dies, zusammen mit der Tatsache, daß das Geschäft so nahe an dem Verschiffungsgelände lag, machte es zu all dem, was wir uns erhofft hatten.

Die Tür des Ladens wurde von einem kräftigen, schwergewichtigen Mann aufgerissen, der uns mit einem herzlichen Lächeln entgegenkam, meinen Mann überschwenglich begrüßte und sich mir als Albert Warner vorstellte. Wir wurden von der Straße in das Geschäft geführt, wo nach der Besichtigung der Räumlichkeiten die Einladung ausgesprochen wurde, die Wohnräume der Warners im oberen Teil des Hauses aufzusuchen. Dort stellten wir fest, daß seine Frau einen Tisch für uns vier vorbereitet hatte.

Sie war aus Manchester. Ein recht hübsches junges Ding mit einem geistreichen Humor, einem spontanen Lächeln und einer Figur, die ich (wenn ich doch nur im Besitz von Aladins Lampe gewesen wäre) bereitwillig gegen die meine getauscht hätte. Nachdem nun vierzig Jahre seit jenem ersten Treffen vergangen sind, hat die Zeit, nicht der Geist der Lampe, eine Aufhebung des ursprünglichen Wunsches mit sich gebracht – insofern, als jene Figur von vor vierzig Jahren nun der meinen entspricht.

Nach dem Verkauf des Hauses meiner Eltern in Portsmouth erwarben William und ich ein kleines, aber gemütliches Heim in der Porter Street, von wo aus es nur ein kurzer Fußweg bis zum Schiffsausrüster war. Es gefiel mir, daß wir uns mit den Warners ganz ausgezeichnet verstanden. Und da das Geschäft gedieh, konnten wir jedes Jahr etwas Zeit erübrigen, um den Kontinent zu bereisen. Unsere Abende verbrachten wir mit Gesprächen in den Varietés, mit Besuchen der neuesten Theateraufführungen und, sofern das Wetter es zuließ, einem gelegentlichen Ausflug an die See nach Brighton. Obwohl weder wir noch die Warners mit Kindern gesegnet waren, empfand ich unser Dasein als ausgefüllt und lohnend.

Ich komme nun leider zu einer Phase in meinem Leben,

bei der ich nicht allzu lange verharren will. Ich spreche von dem Tode meines Liebsten in seinem achtundfünfzigsten Lebensjahr. Gott hat in seiner unendlichen Weisheit entschieden, die Seele des gütigsten Mannes, den ich je kannte, von seinem irdischen Körper loszulösen, damit er mit meinem Vater und der Mannschaft auf dem Schiff namens Ewigkeit weitersegeln möge.

Zum ersten Mal in meinem Leben war ich völlig auf mich allein gestellt. Aber wie tief mein Gefühl des Verlustes und der Traurigkeit auch gewesen sein mag, so war ich doch kein Mensch, der sich in Trauer vergrub. Ein Einkommen war zu meinem Unterhalt vonnöten, und welch geeignetere Art gab es, als Zimmer zu vermieten? Da das Haus in der Porter Street zu klein war, um einen solchen Plan durchzuführen, verkaufte ich es, und zusammen mit den Einkünften aus dem Verkauf von Williams Anteilen an dem Geschäft war ich in der Lage, ein zweistöckiges Backsteinhaus in der Baker Street in Londons West End aufzutun und zu kaufen.

Die Warners und ich blieben weiterhin persönlich oder per Brief in Kontakt, aber im Laufe der Jahre sahen und hörten wir immer weniger voneinander, bis wir an den Punkt gelangten, wo nicht einmal mehr eine Weihnachtskarte ausgetauscht wurde. Zu der Zeit schien es, als hätte sich wieder einmal eine Tür hinter mir geschlossen.

Das Haus in der Baker Street warf ein gutes, wenn auch nicht stetiges Einkommen ab. Es war ein wechselhaftes Geschäft, da die Mietzeiten mit Unterbrechungen Zeiträume von zwei Wochen bis zu drei Monaten im günstigsten Fall betrugen. Ich konnte daher von Glück sagen, als zwei Herren mit der Versicherung einzogen, daß ihre Anwesenheit von Dauer sein sollte.

Die oberen Räumlichkeiten – zwei Schlafzimmer und ein geräumiges Wohnzimmer – entsprachen ihren Vorstellungen, und so zogen sie noch am selben Tag samt ihrer Siebensachen ein. Sie hatten noch nicht lange bei mir gewohnt, als ich herausfand, daß der größere der beiden Herren über eine Persönlichkeit verfügte, die ich nur als sprunghaft bezeichnen kann. Er war mitunter zu heftigen Wutanfällen fähig, zu tiefen Phasen der Schwermut und zu bester Stimmung. Der kleinere der beiden war recht umgänglich, litt allerdings gelegentlich unter unklaren Gedankengängen. Ob dies auf eine Verletzung zurückzuführen war, die er in der Schlacht von Maiwand während seines Einsatzes als Armeearzt in Afghanistan erlitt, kann ich nicht sagen. Auf jeden Fall waren sie ein bei weitem lebendigeres und interessanteres Gespann als vorherige Mieter, denn sie brachten einen Hauch von Aufregung in mein recht prosaisch gewordenes Dasein.

Der Leser wird mittlerweile vermutet haben, daß ich über keine Geringeren als Mr. Sherlock Holmes und Dr. John Watson spreche. Obwohl es Vorteile gab, derart vornehme Herren als Untermieter beherbergen zu können, so muß ich doch gestehen, daß ich nicht wenig Zeit benötigte, um mich an das klagende Geräusch einer Geige zu allen Tages- und Nachtzeiten zu gewöhnen, ebenso wie an die merkwürdigen Gerüche, die das Haus bei chemischen Experimenten durchdrangen, welche die beiden Herren zu verschiedenen Gelegenheiten gerne durchführten.

Im Laufe der Jahre hatte Sherlock Holmes in ganz England und im Ausland einen gewissen Rang und Namen errungen, indem er die rätselhaftesten Verbrechen aufklärte, was – wie ich hinzufügen darf – in keinem geringen Ausmaße auf Dr. Watsons veröffentlichte Berichte über die sensationellsten Fälle seines Freundes zurückzuführen war. Zwar wurde ich selbst, wenn auch nur in aller Kürze, von Dr. Watson in einigen der von ihm beschriebenen Fällen erwähnt, jedoch habe ich ihm die Erlaubnis, meinen Namen zu benutzen, nie erteilt. Obwohl nun dies nicht zwingend nötig war, so hätte er doch aus allgemein üblicher Höflichkeit heraus fragen können, so wie ich es beim Verfassen dieser Geschichte getan hätte, wäre der Doktor nicht vor einigen Jahren verstorben. Wie auch immer, jene schriftlich festgehaltene Verbindung von Holmes, Watson und mir war der eigentliche Grund, weshalb ich das Telegramm einer Frau erhielt, die ich seit vielen Jahren nicht gesehen hatte: Mrs. Violet Warner.

2. Meine Reise nach Haddley Hall

Das Telegramm stellte aus zweierlei Gründen ein Rätsel für mich dar. Violets kurzgefaßte Sätze liefen auf die Bitte hinaus, ich möge mich dafür einsetzen, daß Mr. Holmes aufgrund einer sehr dringlichen Angelegenheit unverzüglich nach Haddley Hall käme. Haddley Hall, kaum zu glauben! War das Geschäft der Warners im Laufe der Jahre so gediehen, daß sie sich nun einen Landsitz leisten konnten? Wie Violet selbst gesagt hätte: »Verflixt unwahrscheinlich!« Warum also Haddley Hall? Und was könnte von einer solchen Wichtigkeit sein, daß es die Dienste von Sherlock Holmes erforderte?

Aufgrund der Dringlichkeit der Nachricht und der Tatsache, daß Mr. Holmes und Dr. Watson zu einer vierzehntägigen Reise nach Schottland aufgebrochen waren, machte ich mich am folgenden Morgen selbst auf den Weg nach Haddley Hall.

Meine Reise war äußerst mühsam. Ich hatte einen Zug bis zu dem nächstgelegenen Dorf genommen, und da meine Ankunft auf dem Gut nicht erwartet wurde, weil ich keine telegraphische Antwort geschickt hatte, mußte ich mich nach örtlichen Transportmitteln für den Rest meines Weges umsehen. Nachdem ich in einer Teestube vor Ort einen kleinen Imbiß zu mir genommen hatte, war ich in der glücklichen Lage, auf einen Bauern mit Pferd und Wagen zu treffen, der mir versicherte, er würde auf seinem Heimweg an Haddley Hall vorbeikommen. Da der alte Bauer nicht sehr gesprächig war, fuhren wir schweigend durch eine Landschaft, wie John Constable sie gemalt haben könnte: über staubige, zerfurchte Wege und Hügel in gedämpftem Grün und düsterem Braun. Schließlich trafen wir auf eine Feldsteinmauer, der wir eine gute Viertelmeile folgten, bis wir an einem eher Unheil verheißenden, schwarzen, gußeisernen Tor ankamen.

Der Kerl zog heftig die Zügel an, womit er das arme Tier abrupt zum Anhalten veranlaßte, und mit einem kurzen Fingerzeig in Richtung auf das Tor murmelte er: »Haddley Hall.« Da mir keine hilfreiche Hand zum Aussteigen gereicht wurde, kletterte ich so gut wie nur irgend möglich hinunter und holte mir meinen Koffer aus dem hinteren Teil des Wagens. Nach einem Abschied, der nur aus einem kurzen Kopfnicken und einem flüchtigen Berühren der Mütze mit Daumen und Zeigefinger bestand, trieb der alte Bauer das Pferd an, und zusammen setzten Mann und Tier ihren schweigsamen Weg nach Hause fort.

Ich hatte noch einen Fußweg von gut fünfzehn Minuten auf einem Privatweg vor mir, an dessen Seiten in regelmäßigen Abständen gewaltige Pappeln im italienischen Stil landschaftlicher Gestaltung gepflanzt waren. Was mich betrifft, so hätte ich lieber gute, starke englische Eiche gesehen. Nichtsdestotrotz erreichte ich schließlich mit schmerzenden Füßen, erschöpft und mit Staub bedeckt mein Ziel.

Haddley war ein riesiger Steinbrocken in betont einfachem Stil. Georgianisch, sagte ich mir, obwohl ich zugeben muß, daß das Erkennen unterschiedlicher architektonischer Stile keine meiner Stärken ist. Eines der Gebiete, ermahnte ich mich, denen ich mich nach meiner Rückkehr nach London etwas mehr widmen sollte. Nicht, daß meine Eltern es versäumt hätten, mir eine ordentliche Ausbildung zukommen zu lassen, aber die Pflanze des Wissens muß fortwährend gewässert werden, und ich halte eine hinterfragende Haltung für die notwendige Nahrung, wenn sie wachsen und gedeihen soll.

Ich rühme mich damit, die Beherrschung zweier Fremdsprachen erlangt zu haben, ebenso die Kenntnis historischer Daten, das Verständnis verschiedener Bereiche der

Medizin und das Vermögen, die Künste zu schätzen. In meiner Freizeit gehe ich auch der Malerei nach, meine Versuche, Öl auf die Leinwand zu bringen, verschafften mir – wie laienhaft das Ergebnis auch sein mochte – viele angenehme Nachmittage. Es wäre allerdings unrecht, wenn ich nicht mit aller Offenheit eingestehen würde, daß all mein Wissen, welches ich mir in den Jahren nach dem Ableben meines Mannes angeeignet hatte, Mr. Holmes zu verdanken war.

Wenn er nach der Aufklärung eines besonders schwierigen Falles nicht so recht wußte, was er mit sich anfangen sollte, fühlte er sich berufen, einen Nachmittag an meinem Küchentisch zu verbringen und sich Kekse und Tee zu gönnen.

Einmal, nachdem er die Tasse wieder abgestellt hatte, lehnte sich dieser große Mann mit seinem hageren Körper über den Tisch und ermahnte mich mit erhobenem Zeigefinger und einem strengen, sachlichen Tonfall: Wenn ich mein Verständnis der Welt als Ganzes erweitern wolle, »... dann, so glaube ich, Mrs. Hudson, lautet mein bester Ratschlag für Sie – wenn ich Shakespeare heranziehen darf –, begebt Euch in eine Bibliothek.«

Dies war ein vernünftiger Ratschlag, den ich eifrig befolgen sollte. Leider führte dies mehrere Male zu Unannehmlichkeiten. Mitunter war ich mir der späten Stunde nicht bewußt, wenn ich mich von der Bibliothek, Kunstgalerie oder dem Museum auf den Weg nach Hause machte, so daß ich bei meiner Heimkehr Dr. Watson antraf, der im Flur auf und ab ging und etwas Dahingehendes in sich hinein murmelte, nicht zur rechten Stunde sein Abendessen serviert bekommen zu haben. Dennoch war dies eine lohnende Ausbildung, und selbst wenn die angeeigneten Kenntnisse zu nichts nutze gewesen wären, so genügte mir doch die Tatsache selbst, daß ich wußte, was ich wußte.

Auf alle Fälle fand ich Haddley Hall sehr beeindruckend. So sehr, daß ich am Fuße der Treppe, die zum Eingang führte, zögerte und einen verstohlenen Blick auf die obligatorischen Steinlöwen auf beiden Seiten warf, die mich – wie ich fand – ihrerseits recht mißtrauisch anblickten.

Als ich oben angelangt war, stand ich dort mit einem schief sitzenden Hut, von Staub bedeckt, und sah in jeder Hinsicht sicherlich so aus wie ein lang verloren geglaubtes und verwahrlostes Waisenkind oder, im günstigsten Fall, wie eine arme Verwandte zu Besuch.

Nun komm schon, altes Mädchen, sagte ich mir, als nächstes siehst du noch das Gesicht Marleys in dem starr blickenden Türklopfer aus Messing.

Bei diesem eher drolligen Gedanken erlaubte ich mir ein kleines Lächeln, langte nach »Marley« und ließ das Messing ertönen – zuerst etwas schüchtern, dann aber, als die Tat begangen und keine Reaktion zu vernehmen war, klopfte ich noch einige Male recht kräftig und wartete. Die Tür öffnete sich, und hinter der erhabenen hölzernen Konstruktion schaute das Gesicht eines älteren und sehr vornehmen Butlers mit weißen Handschuhen hervor.

»Ja?«

»Ich möchte zu Mrs. Violet Warner«, sagte ich mit einem, wie ich hoffte, energischen Tonfall.

Schweigen.

»Ich verstehe ... ja. Treten Sie bitte ein.«

Er trat zurück und öffnete die Tür etwas weiter, während ich eintrat.

»Erlauben Sie, Madam?« Seine Augen huschten zwischen Mantel und Hut hin und her.

»Oh ja, gewiß«, antwortete ich und fühlte mich ein wenig entspannter, nachdem Kleidung und Koffer in einem kleinen Nebenschrank verstaut waren.

»Wenn Sie die Güte hätten, hier zu warten, Madam. Ich werde Mrs. Warner von Ihrer Gegenwart in Kenntnis setzen.«

Ich blickte ihm nach, als er lautlos den glänzenden Parkettfußboden überquerte, und obwohl sein Gang sicher und präzise war, so konnte ich doch eine gewisse Schwermut darin erkennen. Die Schultern hingen nicht aufgrund des fortgeschrittenen Alters herab, dachte ich mir, sondern aufgrund einer anscheinend übermächtigen Depression. Als er eine direkt an der Eingangshalle liegende Schiebetür erreicht hatte, hielt er inne, bevor er sie öffnete.

»Verzeihen Sie«, sagte er mit einem entschuldigendem Lächeln. »Wie war der Name doch gleich?«

Ich richtete mich zu meiner gesamten Größe von fünf Fuß auf. »Hudson«, sagte ich. »Mrs. Emma Hudson.«

Der alte Herr nickte bestätigend, bevor er leise hinter der Tür verschwand.

Hm, dachte ich, die Warners haben vom Hafengelände Londons bis zu einem solchen palastähnlichen Landsitz einen langen Weg zurückgelegt – nicht nur in Meilen. Falls meine Reise jedoch nur durch irgendeinen verlorenen Gegenstand begründet sein sollte, wäre ich überaus verärgert, auch wenn sich daraus die Gelegenheit ergab, alte Bekanntschaften aufzufrischen.

Ich wurde von dem Geräusch der Schiebetür aus meinen Gedanken gerissen, als der Butler mit den weißen Handschuhen und den traurigen, aber freundlichen Augen wieder erschien. »Bitte hier entlang, Madam.«

Als ich den Raum betrat, schritt er beiseite, schob die Tür lautlos hinter mir zu und ließ mich zum ersten Mal nach fast zwanzig Jahren allein mit Violet Warner.

3. Mrs. Violet Warner

»Emma! Emma Hudson! Ich hab' meinen Ohren nicht getraut, als der alte Hogarth sagte, daß mich eine Emma Hudson sprechen will, aber wo steckt denn dein Mr. Holmes, hm?«

»Ich finde es auch nett, dich wiederzusehen, Vi«, antwortete ich in einem scharfen Tonfall.

Ihre Augenbrauen zuckten angesichts meiner Bemerkung nach oben, und auf ihren Wangen erschienen rote Flecken. Sie erhob sich eilig aus ihrem Sessel, und da sie durch ihre unschuldige, aber unsensible Frage vollkommen verunsichert war, hätte sie fast das Teeservice auf dem Wagen vor ihr umgeworfen.

»Oh, entschuldige vielmals, Em. Es ist wirklich schön, dich nach all diesen Jahren wiederzusehen.«

Um ihren Fehler wiedergutzumachen, kam sie mit offenen Armen auf mich zu, und wir umarmten uns.

»Nun, mein Mädchen«, sagte ich und trat einen Schritt zurück, während ich ihre Hände hielt, »ich muß schon sagen, du siehst absolut wunderbar aus.«

Auch wenn sich ihr Gesicht und ihre Figur im Laufe der Jahre beträchtlich gerundet und sich einige Falten in das freche Gesicht geschlichen hatten, so war das Funkeln in den Augen doch erhalten geblieben. Und ich muß zugeben, daß sie in ihrem Taftkleid recht ansehnlich aussah, aber warum sie die Farbe Grün gewählt hatte, werde ich wohl nie erfahren. Sie hatte ihr noch nie gestanden.

»Also, du hast dich aber auch überhaupt nicht verändert«, antwortete sie lächelnd. »Ich hab' dich noch genau so in Erinnerung. Aber komm, es gibt keine Veranlassung für uns, wie zwei verflixte Statuen mitten im Zimmer herumzustehen. Setz dich, Liebes. Ich hab' gerade eine Kanne mit frischem Tee hier, und ich weiß, daß du dazu nicht nein sagst – jedenfalls nicht die Emma Hudson, die ich kenne. Nur wenig Zucker und keine Milch, richtig?«

»Ja, das wäre herrlich.« Ich lächelte, überrascht und berührt, daß sie sich nach all den Jahren daran erinnerte. »Besonders, nachdem ich fast den ganzen Tag Staub geschluckt habe. Aber was unser Erscheinungsbild betrifft«, fuhr ich fort, während ich ihr und dem Teewagen gegenüber Platz nahm, »wenn sich wirklich keine von uns in den letzten zwanzig Jahren verändert hat, kämen wir eigentlich für einen Artikel im *Lancet* in Frage.«

»Genau«, kicherte sie und schenkte mir Tee in eine äußerst feine Porzellantasse ein, »wir haben im Laufe der Jahre vielleicht hier und da etwas zugenommen und wohl einige Falten bekommen, aber ich sag' ja immer, wenn man noch gesund ist, dann ist der Rest doch nicht das Palaver wert.«

»Nicht das Palaver...?« Ich verbarg ein Lächeln, als sie mir die dampfende Tasse reichte. »Ah«, gab ich nach einigen genußvollen Schlucken von mir, »das war genau das Richtige. Aber was hat das alles hier zu bedeuten?« fragte ich mit einer schweifenden Handbewegung, als wolle ich nicht nur das Zimmer, sondern gleich das gesamte Gut mit einbeziehen. »Sag nur nicht, daß du und Albert ...«

»Albert!« Meine alte Freundin richtete sich kerzengerade in ihrem Sessel auf. »Das weißt du nicht? Aber nein, Liebes, das kannst du ja gar nicht wissen, nicht wahr?«

»Was weiß ich nicht?« fragte ich, stellte meine Tasse hin und beugte mich in Erwartung ihrer Antwort vor.

»Nun, der arme alte Bert ist seit neun Jahren tot und begraben.«

»Oh, es tut mir leid, das zu hören, Vi.« Ich war von dieser Neuigkeit ebenso überrascht wie auch traurig gestimmt. »Nein, das wußte ich nicht. Wie schrecklich für dich. Er war ein wunderbarer Mensch.«

»Nun, es ging schnell, weißt du. Er mußte nicht leiden«, antwortete sie leise, während sie auf ihren Schoß hinabsah und unbewußt nicht existierende Falten ihres Kleides glättete. »Er war schon 'ne gute alte Seele, mein Bert – wie auch dein William.« Ein Lächeln erblühte auf ihrem Gesicht. »Was hatten wir vier doch für eine schöne Zeit zusammen! Weißt du noch, als wir ...«

An diesem Punkt werde ich nicht von den Lesern verlangen, uns auf dem persönlichen Weg der Erinnerungen zu begleiten, der von zwei älteren Damen beschritten wurde, sondern mich darauf beschränken zu sagen, daß unser Schwelgen bis zu dem Zeitpunkt dauerte, zu dem der Butler mit den weißen Handschuhen den Arbeitsraum betrat, wo er sich anschickte, die Lichter anzuzünden, bevor er sich lautlos wieder zurückzog.

»Genug der Vergangenheit, Vi«, sagte ich. »Du mußt mich jetzt einfach auf den neuesten Stand bringen. Was um Himmels willen machst du hier auf Haddley? Es ist offensichtlich, daß du nicht zum Personal gehörst. Es sei denn, du bist eine längst verloren geglaubte Verwandte der St. Clairs.«

Das überraschte sie. »Dann kennst du also die St. Clairs?«

»Ich weiß nur, daß sie die Eigentümer von Haddley Hall sind.«

Das war die einzige Information, die ich dem sonst so verschlossenen Bauern, der mich zu dem Gut gefahren hatte, hatte entlocken können.

»Meine Stellung, Madam«, antwortete Vi mit einem aufgesetzten Akzent der feinen Gesellschaft Londons, während sie ihr Haar mit einer übertriebenen Geste richtete, »ist die einer Gesellschafterin Ihrer Hoheit Lady Agatha St. Clair, stell dir vor.« Dann brach sie in schallendes Gelächter aus und fügte hinzu: »Hört sich alles ziemlich hochgestochen an, oder?«

»Aber wie, um alles in der Welt«, fragte ich mich laut, »ist es dazu gekommen?«

»Also, das war so«, antwortete sie und machte es sich in ihrem Sessel wieder bequem. »Seine Lordschaft starb wohl bei so 'ner Art Jagdunfall, ungefähr zur gleichen Zeit wie mein Bert. Lady St. Clair war durch den Tod Seiner Lordschaft derart aus dem Gleichgewicht geraten, daß ihr Arzt ihr eine Seereise verschrieb, damit sie auf andere Gedanken kommen konnte. Der Herzog von Norwall, ein enger Freund der Familie, stellte ihr seine Jacht zur Verfügung. Ein richtig anständiger Kerl ist das. Als er erfährt, daß Ihre Ladyschaft eine Begleiterin für die Reise sucht, nennt er ihr meinen Namen.«

»Und dieser Herzog von Norwall, woher kannte er dich?«

»Über das Geschäft natürlich. Der Herzog hat bei uns gekauft, Ausrüstung für seine Jacht, ab und zu. Logisch, er kam nicht immer selbst, manchmal hat er jemanden geschickt. Aber er wußte immerhin, daß ich selbst gerade Witwe geworden war und versuchte, mit dem Laden allein über die Runden zu kommen. Also organisiert er ein Treffen mit Ihrer Ladyschaft, und irgendwie kamen wir sofort richtig gut miteinander zurecht. Und es war eine so herrliche Reise. Ich verstehe jetzt, was Bert und dein William für die See empfanden. Als wir zurückkamen, fragte sie mich, ob ich hier auf dem Gut bleiben wollte. Sie sagt, ich bin die einzige, die sie zum Lachen bringen kann. Wirklich. Obwohl«, fügte sie – von alledem noch etwas verwirrt – hinzu, »ich glaube nicht, daß ich je etwas Witziges gesagt habe, aber na ja. Also verkauf' ich den Laden mit allem Drum und Dran. Und hier bin ich. Noch 'n Keks, Liebes?«

Zu behaupten, ich sei angesichts der Wendungen in Violets Leben vollkommen verblüfft gewesen, wäre untertrieben. Dennoch, wir beide hatten zu verschiedenen Zeiten steinige Wege hinter uns bringen müssen, und ich war froh, daß meine Freundin nun in der Lage war, ihren Lebensabend sorgenfrei zu verbringen.

»Ich bin so glücklich, daß sich alles für dich zum Guten gewendet hat, Vi«, sagte ich und meinte es auch.

»Tja, nun, die Wahrheit ist, daß ich nicht mehr lange hier bleiben werde. Wegen Ihrer Ladyschaft und so.«

»Ah, ich verstehe«, antwortete ich mit einem wissenden Lächeln. »Bist ein wenig mit ihr aneinandergeraten, nicht wahr? Mach dir keine Sorgen, ich bin sicher, sie ...«

»Nein, das war's nicht«, unterbrach sie mich hastig. »Die Sache ist die: Lady St. Clair ist tot. Deswegen wollte ich, daß dein Mr. Holmes kommt.«

Das traf mich wie ein Schlag. »Tot?« wiederholte ich. »Ihre Ladyschaft ist tot? Aber du bist dir doch sicher darüber im klaren«, fuhr ich – wie ich befürchte – etwas herablassend fort, »daß Mr. Holmes Detektiv ist und kein Leichenbestatter.«

Sie warf mir einen wütenden Blick zu. »Verflucht noch mal, ich weiß, was er ist!« brauste sie auf. »Ihre Ladyschaft wurde ermordet – deshalb wollte ich deinen Mr. Holmes sehen!«

Ich war gerade dabei gewesen, nach dem letzten Keks zu greifen. Nun aber erstarrte meine Hand in der Luft.

»Ermordet! Guter Gott, Violet! Das kannst du doch nicht meinen!«

»Doch. Genau das meine ich.«

Sie blickte sich unruhig um, als hätte sie übermäßige Angst davor, im Zimmer könne sich ein unwillkommener Gast versteckt halten, bevor sie hinzufügte: »Ich hab's gesehen, wirklich. So sicher, wie ich dir jetzt in die Augen schaue. Aber du wirst die St. Clairs nie dazu bringen, zuzugeben, daß es Mord war.« Mit einem erneut aufgesetzten Akzent der Oberschicht fügte sie hinzu: »Sie ist im Schlaf dahingeschieden, die Arme. Oh ja, dahingeschieden ist sie. Aber das war nicht ihr Werk. Also, wo steckt denn nun dein Mr. Holmes? Das würde ich schon gerne wissen!«

»Meine liebe Violet, hör auf, ihn *meinen* Mr. Holmes zu nennen. Wenn du es genau wissen willst, er und Dr. Watson halten sich genau in diesem Moment irgendwo in Schottland auf und jagen Moorhühner, oder was auch immer man dort jagt. Als ich dein Telegramm erhielt, nahm ich daher die Gelegenheit wahr und kam statt seiner. Aber in der Nachricht, die ich erhielt, war von Mord nicht die Rede. Wenn das der Fall gewesen wäre ...«

Ich hielt inne und überlegte, was ich dann eigentlich getan hätte. »Ich wäre in jedem Fall gekommen!« verkündete ich triumphierend und zufrieden darüber, daß mich mein Sinn für Abenteuer nicht verlassen hatte. »Also«, fuhr ich fort, »raus damit, mein Mädchen. Erzähl mir alles, was du weißt.« Ich war mir sicher, daß Mr. Holmes unter denselben Umständen genau das gleiche gesagt hätte.

Sie sah mich einen Augenblick nachdenklich an und fragte sich zweifellos, ob sie der Frau, die ihr gegenübersaß und die gerade erst nach all den Jahren wieder in ihr Leben getreten war, das Wissen anvertrauen konnte, welches sie bezüglich des Todes von Lady St. Clair besaß. Anscheinend bestand ich jedoch den Test. Sie fing an, ihre Geschichte zu erzählen.

»Nun, zuerst einmal hast du recht«, sagte sie, wobei sie gedankenverloren mit einem Finger über den Rand ihrer mittlerweile leeren Tasse fuhr. »Ich habe das Wort Mord nicht erwähnt, weil man ja nie weiß, wer das Telegramm liest, bevor es die Person erreicht, an die man es geschickt hat. Und daß ich gesehen habe, wie Ihre Ladyschaft umgebracht wurde ...«

Sie redete nicht weiter, sondern neigte ihren Kopf zur Seite, wie ein Vogel, der eine unbekannte Gefahr spürt. Als sie ihre Augen auf die Tür des Arbeitszimmers richtete, folgte ich ihrem Blick und sah, wie sie lautlos aufgeschoben wurde.

4. Ich mache Bekanntschaft mit den St. Clairs

»Oh, Sie sind es, Mrs. Warner. Dachten wir uns doch, daß wir hier drinnen Stimmen gehört haben.«

Ein schlank gebauter Mann um die Vierzig mit leicht gekrümmtem Rücken und einer etwas geistesabwesenden Art betrat den Raum und wurde von einer Frau gefolgt, bei der es sich, wie ich annahm, um seine Gattin handelte.

»Verzeihen Sie, ich glaube, wir kennen uns noch nicht«, sagte der Mann und wandte sich mir mit einem Tonfall zu, der ebenso ausdruckslos war wie sein Gesicht.

Violet antwortete, noch bevor ich die Gelegenheit hatte zu reagieren. »Oh, entschuldigen Sie, Sir Charles. Dies ist eine alte Freundin von mir, die aus London hergekommen ist – Mrs. Emma Hudson. Em, das hier sind Sir Charles und seine Frau Lady Margaret.«

Die tiefen, zusammengekniffenen Augen des Mannes, die neben einer vorstehenden Nase lagen, flogen gleichgültig über mich hinweg. Sein Haar war, abgesehen von den weiß gesprenkelten Koteletten, tiefschwarz, geglättet und in der Mitte gescheitelt. Ich fragte mich, warum er von der Möglichkeit der Männer, sich einen Bart wachsen zu lassen, keinen Gebrauch gemacht hatte. Die zusätzliche Verzierung hätte dazu dienen können, ein allzu weiches Kinn zu verdecken und die schnabelähnliche Nase auszugleichen. Alles in allem, so muß ich leider sagen, blieb bei mir der Eindruck eines Mannes zurück, der die Persönlichkeit eines Fussels hatte.

Lady Margaret dagegen war aus vollkommen anderem Holz geschnitzt. Scharfgeschnittene Gesichtszüge, hochgekämmtes kastanienbraunes Haar – eine sehr aristokratische Erscheinung. Kein hohles Profil in diesem Fall. Dies war, wenn ich mich nicht irrte, keine graue Eminenz, dies war Ihre Eminenz persönlich!

Bei all ihrem graziösen und würdevollen Verhalten war sie dennoch eine schöne Frau, wohl kaum mehr als ein oder zwei Jahre jünger als ihr Mann. Bei eingehender Betrachtung konnte man sich eine Zeit vorstellen, in der diese Augen die zahllosen Herren, mit denen sie auf vielen Bällen getanzt hatte, mit einem sprühenden und funkelnden Blick betörten. Die Augen glichen nun dem Stein auf ihrem Ring, einem Diamanten: kalt, hart und leuchtend blau. Sie stand links von ihrem Gatten und trug eine Haltung von Langeweile oder Verärgerung – oder beidem – zur Schau.

Ich nickte höflich. »Sir Charles, Lady Margaret.«

Mein Gruß wurde mit einem matten Lächeln von Sir Charles und einem kurzen Kopfnicken der aristokratischen Statue aufgenommen. Ein unangenehmes Schweigen folgte, bis Vi in die Bresche sprang.

»Ich habe Mrs. Hudson gebeten, ein paar Tage zu bleiben«, sagte sie, »wo ich doch so durcheinander bin, wegen des Ablebens Ihrer Ladyschaft und so. Sofern es Ihnen recht ist, Sir Charles.«

Während die zusammengekniffenen Augen wieder einmal über mich hinwegglitten, vernahm ich ein kaum hörbares, aber heftiges Einatmen von Lady Margaret. Sir Charles schaute kurz zu seiner Frau, die seinem Blick auswich, indem sie auf einen imaginären Punkt an der Decke starrte. Er nahm die Hand vor den Mund und hüstelte ein wenig nervös vor sich hin, bevor er antwortete.

»Nun... also... ja, natürlich, Mrs. Warner. Ich werde veranlassen, daß einer der Diener das Gepäck von Mrs. Hudson nach oben in das ... äh, lassen Sie mich überlegen, ich denke, das Zimmer am Ende des oberen Flures wäre...«

»Wenn es Ihnen nichts ausmacht, Sir Charles«, unterbrach ihn Vi, »Ich dachte, Em... Mrs. Hudson, meine ich, könnte doch bei mir, in meinem Zimmer, übernachten.«

Was soll das? fragte ich mich. Vi wollte, daß ich in ihrem

Zimmer schlief? Hatte sie tatsächlich Angst um sich? Waren es die St. Clairs, vor denen sie glaubte, sich in acht nehmen zu müssen?

Die Antwort des Baronets von Haddley bestand lediglich aus einem Schulterzucken. »Wie Sie wünschen, Mrs. Warner«, erwiderte er, während er in die äußerste Ecke des Zimmers ging.

Wir sahen schweigend zu, wie er sich einen großen Brandy einschenkte. Auch wenn ich ein Mensch bin, der alkoholischen Getränken nicht frönt, jedenfalls nicht in allzu großem Ausmaße, so hätte ich einen Sherry nicht abgelehnt, wäre er mir angeboten worden. In diesem Moment ergriff das weibliche Oberhaupt des Gutes zum ersten Mal, seit sie das Arbeitszimmer betreten hatte, das Wort. »Sie sind sich darüber im klaren, Mrs. Warner, nicht wahr, daß Ihre Dienste nicht länger benötigt werden.«

Ihr beißender Tonfall und die Art, wie sie es beim Sprechen vermied, Vi direkt anzuschauen, hinterließen bei mir den Eindruck, daß Lady Margaret allein die Tatsache, unmittelbar mit einer »gesellschaftlich niedriger Stehenden« zu reden, als überaus unangenehm empfand.

»Sie können, falls Sie es wollen«, fuhr sie fort, »bis zum Ende der Woche bleiben, womit sie sicherlich genügend Zeit haben, um Ihre persönlichen Sachen zusammenzupacken, und, sofern Sie den Wunsch haben, dem Begräbnis Ihrer Ladyschaft beizuwohnen.«

Ich beobachtete beklommen, wie sich die Nackenmuskeln von Vi vor Zorn anspannten. Reiß dich zusammen, altes Mädchen, sagte ich in Gedanken. So wie ich meine alte Freundin kannte, wußte ich, daß sie wie ein Sturm mitten auf dem Atlantik aufbrausen konnte.

»Sie sind zu gütig, wirklich, Lady Margaret«, lautete indes die beherrschte Antwort.

Ich seufzte erleichtert auf. Und dennoch kam, wie weit entferntes Donnergrollen, ein Gefühl der Spannung im Raum auf. Ich beschloß, die sich nähernden Sturmwolken abzuwehren, indem ich meine Aufmerksamkeit Sir Charles zuwandte, der zu unserer kleinen Enklave zurückgekehrt war und den übriggebliebenen Inhalt seines Brandys im Glas schwenkte, während er gedankenverloren eine kleine Melodie vor sich hin summte. Ein scharfer Blick seiner Frau beendete das Lied abrupt.

»Bitte lassen Sie mich mein Beileid zum Ableben Ihrer Mutter aussprechen«, sagte ich.

»Was? Oh, ja«, antwortete er ein wenig verwirrt, da ihn meine Worte offensichtlich aus irgendwelchen Gedanken gerissen hatten. »Danke, Mrs. Hudson. Sie wird uns allen schrecklich fehlen, fürchte ich.«

»Und die Ursache, wenn ich so anmaßend sein darf, mich danach zu erkundigen?«

»Was?«

»Die Ursache. Die Todesursache«, wiederholte ich und fühlte, wie sich drei Augenpaare in mich hineinbohrten. Dennoch wollte ich wissen, welche Antwort ich von den St. Clairs auf meine Frage erhalten würde.

»Ach ja, die Ursache.« Während er seiner Frau einen Blick zuwarf, vernahm ich erneut einen nervösen Hustenanfall des Baronets.

»Unser Familienarzt führt den Tod auf nichts anderes als ein Herzversagen zurück«, warf Lady Margaret ein, um die Kontrolle über das Unbehagen, welches im Zimmer herrschte, zu erlangen. »So unangenehm es auch sein mag, Mrs. Hudson«, fuhr sie herablassend fort, »wir alle müssen uns mit der Tatsache abfinden, daß niemand ewig lebt. Ihre Ladyschaft war immerhin eine Frau in weit fortgeschrittenem Alter.«

»So verflucht fortgeschritten nun auch wieder nicht!« lautete der sarkastische Kommentar meiner alten Freundin.

Ihre Bemerkung schlug ein wie eine Bombe. Während Sir Charles einfach nur unruhig dastand und einen peinlich berührten Eindruck machte, wurde seine Frau fuchsteufelswild. Ihr Sinn für gesellschaftliche Etikette war verschwunden, als ihre Stimme vor Erregung bebte.

»Es gibt einige Menschen, Mrs. Hudson«, und obwohl sich die Augen Lady Margarets in Vis brannten, waren die gefauchten Worte an mich gerichtet, »die eher ihren eifrigen Phantasien glauben als dem Bericht des Arztes!«

Ich war angesichts dieses plötzlichen Ausbruches sprachlos. Es schien, als schwele unter dem frostigen Äußeren der Eiskönigin ein feuriger Zorn. In dieser Situation hielt ich es für das beste, uns zu verabschieden.

»Vi«, sagte ich, »wir sollten vielleicht ...«

»Ja, da hast du recht«, antwortete sie, stützte sich mit den Händen auf den Armlehnen des Sessel ab und erhob sich. »Wir ziehen uns am besten für heute abend zurück. Du hast doch schon gegessen, nicht wahr, meine Liebe?«

»Ja, in der Tat. Ich war in einer Teestube im Dorf.«

»Gut. Sie brauchen die Diener nicht zu bemühen, Sir Charles; ich kümmere mich um das Gepäck von Mrs. Hudson.«

Ich teilte Vi mit, daß ich lediglich mit einem kleinen Koffer gekommen wäre, da ich keine Ahnung von der Dauer meines Aufenthaltes gehabt hätte. »Sie entschuldigen uns also, Lady Margaret?« fragte ich.

Keine Antwort.

»Sir Charles?«

»Ja, ähm, gute Nacht, Mrs. Hudson, Mrs. Warner«, antwortete er und stellte sein Glas auf den Teewagen, ohne auch nur eine von uns anzuschauen.

Draußen in der Eingangshalle war Violet so freundlich und holte meinen Koffer von dort hervor, wohin er gestellt worden war. Ich hielt am Fuße der Treppe inne, faßte an das dunkle Geländer aus Walnuß und schaute nach oben: Für jemanden in meinem Alter erschien es mir als ein so gewaltiger Aufstieg wie die Spanische Treppe von Rom.

Violet bemerkte mein Zögern, als ich mich tief durchatmend auf den Versuch des Erklimmens vorbereitete.

»Na komm«, verkündete sie kichernd, »so schlimm, wie es aussieht, ist es nicht.«

Sie reichte mir ihren Arm.

»Warte«, sagte ich. »Hör mal.«

In unserer Eile, den Raum zu verlassen, hatte ich die Tür etwas offen gelassen. Wir standen schweigend auf der untersten Stufe und hörten der kaum vernehmbaren, aber äußerst lebhaften Unterhaltung der St. Clairs zu – lebhaft zumindest, was Lady Margaret betraf.

»Warte hier«, befahl ich Vi und schlich auf Zehenspitzen zurück zum Arbeitszimmer.

»Was soll denn das werden? Heimlich lauschen, hä? Oh, das würde ich an deiner Stelle nicht tun.«

Doch trotz ihrer Einwände folgte Vi mir rasch und lautlos. Gemeinsam lauschten wir an der Tür.

»Und noch etwas, Charles. Du sprichst mit diesen Leuten, als wären sie unseresgleichen!«

Wir sahen schweigend zu, wie seine Frau auf und ab ging und dadurch in unterschiedlichen Abständen immer wieder aus unserem Sichtfeld verschwand. Mir kam der Gedanke, die Tür noch ein klein wenig weiter aufzuschieben, was ich dann aber doch lieber unterließ.

»Es ist schon schlimm genug«, fuhr sie fort, »daß wir diese Warner jeden Abend beim Dinner erdulden müssen. Ich gehe davon aus, daß wir jetzt sogar noch einen Stuhl für diese Person – Hodgeson, oder wie immer sie heißt – dazustellen müssen.«

»Wie bitte?« stieß Violet hervor. »*Sie* muß *mich* erdulden? Pah, das gefällt mir!«

Ich legte einen Finger auf die Lippen und hoffte, sie zum Schweigen veranlassen zu können, während ich beobachtete, wie Sir Charles den temperamentvollen Ausbruch seiner Frau anscheinend amüsiert hinnahm.

»Hudson.« Er lächelte.

»Was?«

»Hudson«, antwortete er und ging zur Bar hinüber. »Die

Frau heißt Hudson. Und was Mrs. Warner betrifft«, fügte er hinzu und füllte sein Glas erneut, bevor er weiterredete, »du weißt sehr wohl, daß es Mutters Wunsch war, sie wie ein Familienmitglied zu behandeln.«

Er stürzte seinen Drink hinunter, als wolle er sich gegen den nächsten Angriff wappnen. Und der ließ nicht lange auf sich warten.

»Aber deine Mutter weilt nicht mehr unter uns, nicht wahr?« Sie schleuderte ihm die Worte entgegen. »Und jetzt haben wir diese ... diese Hudson hier. Wer weiß, wer morgen an unsere Tür klopft!«

Der Baronet blieb nun in unserem Blickfeld stehen.

»Wirklich, Margaret«, antwortete er besänftigend, »es gibt keinen Grund, daß du dich so aufregst. Immerhin sind sie bis Ende der Woche fort. Wenn ich mich recht entsinne, hast du den beiden das sehr deutlich zu verstehen gegeben.«

»Und das war auch verdammt gut so!« rief sie wütend aus. »Was genau hat diese Mrs. Hudson eigentlich hier verloren? Das gefällt mir nicht, Charles. Du erinnerst dich doch an den Aufstand, den Mrs. Warner machte, als sie herausfand, daß deine Mutter ... äh ...«

»Dahingeschieden war?«

Sie griff seine Worte auf. »Ja, genau, dahingeschieden war.«

»Dahingeschieden, daß ich nicht lache!« stieß meine Freundin hervor und verpaßte mir einen wütenden Ellbogenstoß in die Rippen.

»Und jetzt«, fuhr die Dame des Hauses fort, »steht diese Frau aus London bei uns auf der Schwelle. Warum?«

»Komm schon, Liebling. Du hörst dich an, als sei sie eine Geheimagentin für Scotland Yard.«

Sie drehte sich abrupt um und starrte ihn an. »Warum erwähnst du Scotland Yard?«

»Ich hatte den Eindruck«, antwortete er lässig, »daß sich dein Gedankengang auch in diese Richtung bewegte.«

»Nein, warum sollte er?« Sie schien recht beunruhigt, und zum ersten Mal, seit wir unsere Stellung draußen an der Tür bezogen hatten, verfiel die Stimme von Lady Margaret in ein Flüstern. Sie ließ sich in einen Sessel fallen und enthielt uns so ihren Anblick teilweise vor. »Charles, wir müssen uns einfach einmal vernünftig darüber unterhalten, was genau im Schlafzimmer deiner Mutter passiert ist.«

Bei dieser Bemerkung erhielt ich einen weiteren Rippenstoß.

»Wenn du es wirklich für notwendig hältst, Liebling. Aber heute abend bitte nicht. Du siehst müde aus. Warum gehen wir nicht zu Bett? Außerdem müssen wir morgen Mutters Begräbnis beiwohnen. Aber ...!«

»Was ist? Was ist los?«

»Die Tür zum Arbeitszimmer. Sie ist gar nicht richtig zu.«

»Diese Hudson hat sie wahrscheinlich offen gelassen«, antwortete sie verärgert. »Du schließt sie besser, Charles.«

Es war an der Zeit, eilig das Feld zu räumen. Die Treppe erschien nun nicht mehr unüberwindbar. Ich erklomm die Stufen wie beflügelt, und Violet folgte dicht hinter mir.

Wir liefen den Flur entlang und erreichten die Schlafzimmertür, die Vi, nachdem wir eilig den Raum betreten hatten, schnell von innen abschloß.

5. Komplizinnen

Nachdem wir wie zwei abtrünnige Schulmädchen die Treppe hinauf in das sichere Schlafzimmer gerannt waren, gönnten wir uns etwas Zeit, um wieder zur Ruhe zu kommen, bevor Vi so nett war, mir beim Auspacken meiner wenigen Sachen zu helfen.

»Viel hast du ja nicht gerade dabei, was?« meinte sie und hängte mein marineblaues Kleid mit dem gekräuselten Spitzenkragen in den Schrank.

»Ursprünglich hatte ich nicht mehr als eine Übernachtung eingeplant«, antwortete ich. »Nun scheint es allerdings doch ein etwas längerer Aufenthalt zu werden.«

»Ja, aber nur bis zum Wochenende, und das gilt auch für mich. Ich meine, du hast ja gehört, was Lady Gernegroß gesagt hat. Kannst du dir das vorstellen: *Sie* erlaubt *mir*, zu dem verflixten Begräbnis zu gehen! Also wirklich! Außer dem alten Hogarth...«

»Hogarth?«

»Ja, der Butler. Also, ich wollte sagen, ich war die einzige, die sich je aus dem alten Mädchen etwas gemacht hat.«

Sie ging durch das Zimmer zu einer großen, reichverzierten Kommode. »Du hältst doch sicher auch was von einem kleinen Schluck zum Anfeuchten der Kehle, oder, Liebes?« fragte sie und öffnete die zweite Schublade von oben.

»Also wirklich, Violet Warner!« rief ich mit gespieltem Entsetzen aus. »Sag nur nicht, daß du schon Alkohol in deinem Schlafzimmer versteckst!«

»Nur zu medizinischen Zwecken, du verstehst«, antwortete sie mit einem frechen Augenzwinkern und brachte eine Flasche Sherry zum Vorschein.

Während sich meine Kameradin der Aufgabe widmete,

die Gläser zu füllen, machte ich es mir auf einem leicht abgenutzten, kleinen blauen Samtsofa bequem, welches gegenüber einem Bett von unermeßlichem Alter und Gemütlichkeit stand. Am anderen Ende des Raumes starrte mich ein Foto von Violet und Albert vom Kaminsims herunter an.

»Ich erinnere mich noch an den Tag, als du und Albert das Foto habt machen lassen«, sagte ich mit einem Lächeln.

Sie schaute das Bild für einen Augenblick sehnsüchtig an, bevor sie antwortete, daß es das einzige sei, was sie aus jenen Tagen behalten habe.

»Im Gegensatz zu mir«, antwortete ich kichernd. »Ich kann mich nie dazu durchringen, etwas wegzuwerfen. Mach keinen Fehler, Mädchen, irgend jemand wird sich köstlich amüsieren, wenn ich mal nicht mehr bin und alles geordnet werden muß.«

Nachdem sie mir mein Glas gegeben hatte, zog sie sich einen Korbsessel aus der Ecke und setzte sich mir gegenüber.

»Weißt du, Vi«, sagte ich und beugte mich vor, »als du das erste Mal andeutetest, daß deine Arbeitgeberin ermordet worden sei, nun, da dachte ich offen gestanden, daß du ...« Ich suchte nach dem treffenden Ausdruck.

»Daß ich übergeschnappt bin, richtig?«

Violet war schon immer sehr direkt gewesen.

Ich wand mich verlegen. »Es scheint so«, ging ich das Thema von einer anderen Seite aus an, »als bestätige das Gespräch, welches wir im Arbeitszimmer belauschen konnten, deine Geschichte bis zu einem gewissen Punkt. Nämlich insofern, als sich etwas Merkwürdiges, oder zumindest Ungewöhnliches, in der fraglichen Nacht im Schlafgemach Ihrer Ladyschaft zugetragen hat.«

»Oh ja, ich würde auch sagen, daß Mord irgendwie etwas Ungewöhnliches ist«, meinte sie und genehmigte sich einen recht großen Schluck Sherry. »Und dein Mr. Holmes«, erkundigte sie sich, während sie die verbliebene Flüssigkeit in ihrem Glas unter die Lupe nahm, »was sagtest du, wann kommt er zurück?«

Sie stellte ihre Frage fast zu beiläufig, und obwohl sie ziemlich unschuldig dreinblickte, konnte ich spüren, daß sie sich durch das, was sie als einen Mangel an Glauben meinerseits empfunden hatte, verletzt fühlte und ihr daran lag, daß sich der berühmte Sherlock Holmes des Falles annahm.

»Meine liebe Violet«, antwortete ich matt, »weder Mr. Holmes noch Dr. Watson werden vor Ablauf von mindestens zwei Wochen aus Schottland zurückkehren. Bis dahin werden die Spur kalt und die Hinweise vernichtet sein. Nachdem ich die Angelegenheit also gründlich durchdacht habe« – dies war eine kleine Notlüge, denn in Wahrheit hatte ich über meine weiteren Schritte gerade erst in dem Moment entschieden –, »habe ich mich dazu entschlossen, meine eigenen Nachforschungen hinsichtlich des Mordes auf Haddley Hall durchzuführen. Der Mord auf Haddley Hall«, wiederholte ich mit einem Lächeln. Das hörte sich wie ein Buchtitel an, den Dr. Watson erfunden haben könnte.

»Du hast vollkommen recht«, rief sie und nahm meinen erneut bestätigten Glauben an sie zum Anlaß, ihr Glas aufzufüllen. »Aber«, fügte sie mit einem fragenden Blick hinzu, »wie, um Himmels willen, glaubst du einen Mord aufklären zu können, hä? Verflixt noch mal, du bist doch keine Detektivin – jedenfalls nicht soweit ich weiß.«

Meine Antwort kam ohne Zögern. »Meine liebe Violet, ich habe nicht all die Jahre mit Sherlock Holmes gelebt, um nicht wenigstens ...« Ich hielt inne, da mich die mögliche Folgerung aus dem Gesagten in Verlegenheit brachte. »Ich meine«, fuhr ich fort, »die Tatsache, daß Mr. Holmes viele Jahre als zahlender Mieter in meinem Hause gewohnt hat, verschaffte mir die Gelegenheit, verschiedene Ermittlungsmethoden aus nächster Nähe zu beobachten. Außerdem«, fügte ich hinzu, wobei ich die Stimme senkte, um die Vertraulichkeit des Augenblicks zu betonen, »habe ich gelegentlich bei verschiedenen Kriminalfällen, mit denen der Herr betraut war, eine nicht unbedeutende Rolle gespielt.«

»Was? Was sagst du da? Daß all diese Verbrechen von dir und Mr. Holmes zusammen gelöst wurden?«

»Ganz und gar nicht«, antwortete ich und richtete mich auf. »Nur daß ich das eine oder andere Mal gewisse Vorschläge gemacht habe. Vorschläge, die – wenn ich das hinzufügen darf, meine liebe Mrs. Warner – sich des öfteren als hilfreich erwiesen haben.«

»Es ist doch aber merkwürdig, oder«, lautete ihre verwirrte und gleichzeitig spöttische Antwort, »daß ich in all den Fällen, über die der Doktor geschrieben hat, nie etwas über diese, wie du sie nennst, ›Vorschläge‹ gelesen habe.«

»Nein, und das wirst du auch nie! Aufgeblasener alter Narr!« platzte ich heraus und machte so der Unzufriedenheit Luft, die ich allzu viele Jahre in mir verborgen hatte.

»Also wirklich, vielen herzlichen Dank!« Meine Kameradin war im Begriff, sich aus ihrem Sessel zu erheben.

»Nein, nein, du doch nicht, Vi«, antwortete ich eilig. »Dich meinte ich nicht. Ich habe von Dr. Watson gesprochen.«

Sie lehnte sich zurück, während ich ihr beruhigend die Hand tätschelte und ihr anvertraute, daß ich es immer für äußerst unhöflich von dem guten Doktor hielt, daß er mich auf wenige unwesentliche Zeilen verwies, ohne auch nur einmal zu Papier zu bringen, wieviel Hilfe ich im Laufe der Jahre geleistet hatte – wie gering oder unwichtig er sie auch einschätzen mochte. »Oder, wo wir gerade davon sprechen«, fuhr ich immer noch gereizt fort, »hat er mich je um Erlaubnis gebeten, meinen Namen erwähnen zu dürfen? Würdest du denken, nachdem du seine Geschichten gelesen hast, daß ich je etwas anderes getan habe, als Mahlzeiten zu servieren oder Besucher anzukündigen?«

Ich fürchte, Vi war angesichts meiner Offenheit sehr betroffen. »Dr. Watson? Aber er scheint mir doch ein recht anständiger Kerl zu sein. Jedenfalls nach dem, was ich über ihn gelesen habe.«

»Wenn du dich da mal nicht irrst, Mädchen«, erwiderte ich. »Dr. Watson ist der Inbegriff eines echten viktorianischen Gentlemans. Und als solcher ist er davon überzeugt, daß Frauen – wie auch kleine Kinder und Haustiere – zwar zu sehen, aber nicht zu vernehmen sein sollten. In solchen Zeiten leben wir nun mal.«

»Das ist wohl wahr«, lautete Violets nachdenkliche Antwort. »Aber das war ja schon immer so. Trotzdem, Dr. Watson ... ich meine ...«

Sie wußte nicht so recht, wie sie es sagen – und denken – sollte.

»Ach, ich weiß, was du denkst. Ja, vielleicht bin ich einfach nur eine eitle und alberne alte Frau.« Ich hielt inne und entschied, einen weiteren wortlos angebotenen Drink nicht abzulehnen. »Und ich nehme an, um dem Doktor Gebühr zu zollen«, fuhr ich fort und hielt Violet mein Glas hin, »sollte ich erwähnen, daß auch er nicht nur einmal – in medizinischer Hinsicht – äußerst hilfsbereit gewesen ist.«

»Dann hast du gesundheitliche Probleme, Liebes?«

»Ach, nur die üblichen Wehwehchen, die man in unserem Alter so bekommt.«

Meine alte Freundin nickte schweigend und dachte wohl an die verschiedenen Beschwerden aus vergangenen und gegenwärtigen Tagen.

»Nichtsdestotrotz«, verkündete ich mit einem energischen Schlag auf die Oberschenkel, »ich liege noch lange nicht unter der Erde. Und wenn es einen Mord aufzuklären gibt, dann werde ich ihn auch aufklären!«

Zur Bekräftigung des Gesagten erhob ich mich und ließ

recht melodramatisch – könnte es möglich gewesen sein, daß ich die Wirkung des Sherrys spürte? – verlauten: »Daher, meine liebe Violet Elizabeth Warner, werde ich in der Tat *dein* Sherlock Holmes sein!«

Mir wurde ein verwirrter Blick und dann ein immer breiter werdendes Lächeln zuteil. »Und ich werde *dein* Dr. Watson sein!« lautete Violets triumphierende Antwort, während sie sich ebenfalls erhob.

Ich stöhnte innerlich auf und bemühte mich gleichzeitig, ihr ebenfalls so etwas wie ein Lächeln zukommen zu lassen. Ich hatte nicht das Bedürfnis, mich von einer zweiten Person behindern zu lassen, da ich der Ansicht war, daß sich die Ermittlungen am ehesten durchführen ließen, wenn ich allein vorginge. Aber da Violet ebenso mit den auf dem Gut wohnenden Personen wie auch mit den Umständen des Mordes selbst vertraut war, würde sie mir sicherlich sehr wertvolle Dienste erweisen.

»Abgemacht!« rief ich aus.

Wir stießen mit unseren Sherrygläser an und besiegelten so die neue Partnerschaft.

6. Eine außerkörperliche Erfahrung

Wie ein sterbender Körper, der die letzten mitleiderregenden Atemzüge und Seufzer von sich gibt, so knisterte und zischte der im Kamin liegende verkohlte Holzscheit gelegentlich vor sich hin, bis noch einen kurzen Moment lang ein einziger Funke zu sehen war. Dann war auch er verschwunden. Wie auf Kommando ergriff der Wind, der jenseits des Schlafzimmerfensters wild aufheulte, diese Gelegenheit, um seine frostige Gegenwart im ganzen Zimmer spüren zu lassen.

Ich rutschte tiefer unter die Bettdecke.

»Also, Vi«, sagte ich zu meiner neben mir liegenden Kameradin, »wag es ja nicht einzuschlafen, bevor du mir nicht alles, was du über den Mord an Lady St. Clair weißt, erzählt hast.«

»Kann das denn nicht bis morgen früh warten?« lautete die schläfrige Antwort.

»Bis morgen früh! Im Leben nicht! Glaubst du denn, ich könnte schlafen, bevor ich nicht die ganze Geschichte gehört habe?« Ich stieß sie an der Schulter an. »Vi, bitte!«

Widerwillig setzte sie sich im Bett auf, und ich tat es ihr gleich.

»Ich nehme an«, sagte sie und zog die Decke weiter zu uns hoch, »es ist wohl am besten, wenn ich am Anfang beginne, denn sonst...«

»Du kannst anfangen, wo es dir gefällt! Nur fang endlich an!« Ob es auf die späte Stunde zurückzuführen war, weiß ich nicht, aber meine Geduld ließ langsam nach.

»Also wirklich, du gefällst mir!«

»Es tut mir leid, Vi«, hoffte ich sie zu besänftigen. »Bitte erzähl es so, wie du möchtest.«

»Mhm, das hab' ich ja gerade versucht, oder?« erwiderte Violet auf eine Art, die mein verstorbener Mann immer ihre »süß-saure Antwort« genannt hatte. Das Lächeln war süß, aber die Worte waren sauer. Ich schwieg, während meine Kameradin ihre Augen von mir abwandte und in ihre eigenen, persönlichen Gedanken vertieft zu sein schien.

Schließlich war ein Räuspern ihrerseits zu vernehmen, was bei Violet immer bedeutete, daß sie etwas von immenser Bedeutung zu sagen hatte. Sie sprach zunächst recht leise: »Das heißt natürlich, daß ich dir etwas erzählen muß ... etwas von meiner ...«

Die restlichen Worte murmelte sie gänzlich unverständlich.

»Verzeih mir, Liebes. Ich habe dich nicht verstanden.« Ich rückte etwas näher an sie heran. »Du sagtest, du müßtest mir etwas erzählen über deine ...?«

»Meine Gabe.«

Um sicherzugehen, daß ich sie richtig verstanden hatte, wiederholte ich das Wort. »Gabe?«

»Mhm. Meine Gabe, so nennt man das. Versprich mir, daß du nicht lachst.«

Ich antwortete, indem ich ihr versichernd die Hand drückte.

»Also gut.«

Sie suchte sich eine bequemere Position und begann, ihre Geschichte zu erzählen.

»Du erinnerst dich doch, Liebes, wie wir immer zur Wohnung der alten Bessie hochgegangen sind, um uns wahrsagen zu lassen?«

»Bessie – Bessie Muldoon.« Ich sprach den Namen eher für mich als für Vi aus, und während ich das tat, öffnete sich das Tor der Zeit, und herein flossen meine Erinnerungen mit einer Reihe von Szenen weit zurückliegender Tage. Als Witwe beschränkte sich ihre einzige Einkommensquelle auf das Wahrsagen, entweder indem sie Karten legte oder die am Boden einer leeren Tasse zurückgebliebenen Teeblätter las.

Wenn ich heute darauf zurückschaue, erscheint mir dies alles recht albern. Aber die Abende, die wir mit Bessie verbrachten, hatten wir für uns. Sowohl William als auch Albert wollten natürlich nichts damit zu tun haben und setzten uns beide einer Menge gutmütiger Neckereien aus. Doch da sie andererseits ehemalige Seefahrer waren (eine überaus abergläubische Spezie), unterließen sie es nie, sich zu erkundigen, was uns die alte Dame offenbart hatte. Das waren, so fürchte ich, nichts weiter als allgemeine Phrasen darüber, was sich innerhalb eines beliebigen Zeitraumes zutragen könnte oder auch nicht.

»Ja, genau, Bessie Muldoon«, bestätigte Vi mein Erinnerungen nickend. »Sie war eine gute alte Seele, unsere Bessie«, fügte sie mit einem Lächeln hinzu und war zufrieden, daß sie mein Interesse geweckt hatte. »Nachdem du weggezogen warst, habe ich diese merkwürdigen Besuche allein gemacht. Nicht oft, aber gelegentlich schaute ich bei ihr vorbei, eigentlich eher, um zu sehen, wie's dem alten Mädchen so ging.«

Sie schwieg einen Moment lang und hielt ihren Zeigefinger in die Luft. Der Grund dafür lag, so nehme ich an, darin, daß sie ihre Segel in eine andere gedankliche Richtung setzen wollte, bevor sie einen neuen Kurs einschlug. Ich wartete und versuchte, meine Wut über ihre Abschweifungen unter Kontrolle zu bringen. Was, zum Teufel noch mal, all dies mit dem Tod von Lady St. Clair zu tun hatte, wollte mir beim besten Willen nicht einleuchten, und ob es meiner alten Freundin klar war, blieb abzuwarten. Ich versuchte dennoch, meine Verärgerung so gut wie möglich zu verbergen, während ich darauf wartete, daß sie fortfuhr.

»Nein, das ist nicht wahr«, sagte sie schließlich. »Die Sache war die, daß ich da immer weiter hineingezogen wurde, könnte man sagen, in all diesen psychischen Firlefanz. Bessie hat mir sogar – mehr als einmal – gesagt, ich selbst hätte auch die Gabe.«

»Und worin genau besteht deine Gabe?«

»Man nennt das so, Liebes, wenn du psychische Kräfte hast. Also, das war so: Eines Abends – das war kaum einen Monat, bevor sie starb, die Arme – tranken Bessie und ich eine schöne Tasse Tee oben in ihrem Wohnzimmer, und ich erzählte ihr etwas, das ich keiner Menschenseele je zuvor erzählt hatte.«

»Aha, und was war das?«

»Nun, ich lag einmal nachts in meinem Bett, hab' nicht geschlafen, war aber auch nicht so richtig wach, wenn du weißt, was ich mein', als ich dieses merkwürdige Gefühl hatte, nach oben zu schweben. Wie ich sagte, ich lag noch immer im Bett. Da war ich absolut sicher, denn als ich nach unten schaute – da lag ich!«

»Da lagst du?«

»Ja! Ich lag noch immer in meinem Bett! Aber mein Geist, oder was auch immer, schwebte oben an der Decke und schaute auf mich runter! Du kannst dir vorstellen, was ich für'n Bammel hatte.«

»Ich hatte auch schon so manchen Alptraum«, sagte ich.

»Alptraum!« rief sie aus. »Das war kein verflixter Alptraum. Das ist wirklich passiert!«

Ich wollte etwas erwidern, verpaßte aber die Gelegenheit. Wenn Vi erst einmal mit vollen Segeln fuhr, gab es kein Aufhalten mehr.

»Und das ist lange noch nicht alles«, fuhr sie in eben solch beseelter Art und Weise fort. »Wie kann ich zu ein und derselben Zeit an zwei Orten gleichzeitig sein, frag' ich mich. Das ist doch nicht natürlich. Und dann denk' ich, genau, das ist es, altes Mädchen, du bist tot. Aber ich konnte nicht im Himmel oder dem anderen Ort sein, denn ich war ja immer noch in meinem Schlafzimmer! Das war alles sehr verwirrend. Aber ich wußte einfach, frag mich nicht woher, wenn ich nur zurück in meinen Körper kommen könnte, wäre alles wieder in Ordnung. Und mit dem Gedanken im Kopf, war ich – schneller als du denken kannst – wieder im Bett. Nun, was hältst du davon?«

»Außergewöhnlich!« rief ich, was das erste zutreffende und gleichzeitig unverbindlichste Wort war, welches mir in den Sinn kam.

»Tja, das kann man wohl sagen. Also, so was konnte ich natürlich nicht lange für mich behalten, oder? Da mein Bert nicht mehr lebte, war Bessie die einzige, an die ich mich wenden konnte. Sie schien nicht im geringsten überrascht. Sagte, ich hätte eine A.K.E. gehabt. Komm, fragte ich, was soll das denn heißen – Absolut Komische Erhebung? Ich dachte, das alte Mädchen wär' jetzt vollkommen übergeschnappt. ›Nein, meine Liebe‹, sagt sie mit ihrem breiten zahnlosen Lächeln, ›eine außerkörperliche Erfahrung, das hattest du.‹«

»Natürlich!« antwortete ich aufgeregt. »Astrale Projektion!«

»Ja, genau, astrale Projektion. Weiß ich jetzt alles drüber, dank Bessie. Die hat mir das alles erklärt. Aber du«, erkundigte sie sich, »woher kennst du das?«

»Meine liebe Violet«, verkündete ich in einem recht überheblichen Ton, »du mußt mir schon ein Wissen zugestehen, welches sich auch auf Bereiche ausdehnt, die sich außerhalb der im gesellschaftlichen Leben allgemein diskutierten befinden.«

Eigentlich war die Behauptung, eine Frau zu sein, die sich im Bereich des Okkultismus sehr gut auskennt, etwas weit hergeholt. Um ehrlich zu sein, hatte ich erst wenige Monate zuvor ein Buch über psychische Phänomene mit nach Hause genommen, und aus unerklärlichen Gründen fand ich das Kapitel über astrale Projektion äußerst faszinierend. So sehr, daß ich Mr. Holmes darauf ansprach.

Seine Antwort bestand, wie ich mich nur allzugut entsinne, darin, daß er das gesamte Thema als nichts anderes als einen unbewußten Wunschgedanken des Individuums abtat, die Existenz eines geistigen Selbst zu beweisen. Er war der Ansicht, daß die sogenannte Trennung der Seele vom Körper lediglich eine Selbsttäuschung seitens des

Gläubigen war. Er, so versicherte er mir, hielte sich an die Fakten. Und da es für die Existenz des Übernatürlichen keine wissenschaftlichen Beweise gebe, sei die ganze Diskussion seiner Meinung nach höchstens von theoretischem Nutzen. Ich dagegen näherte mich dem Thema weniger auf analytischer als auf humanistischer Ebene.

»Um es zusammenzufassen: Du willst also sagen, Vi«, sagte ich und rückte das Kissen in meinem Rücken zurecht, »daß du dich in einem Zustand tiefer Meditation befandest und dein Geist in der Lage war, sich aus der Gefangenschaft deines physischen Selbst zu lösen, und daß es dir somit möglich war, deinen irdischen Körper ebenso einfach zu beobachten, wie du sonst das sich im Spiegel reflektierende Bild deines Selbst betrachtest.«

»Ja!« stieß sie hervor. »So ist es, genau so!«

»Und in einem solchen Zustand«, fuhr ich fort, »ist es dem geistigen Selbst möglich, selbst durch Wände hindurch zu schweben und sogar große Entfernungen zurückzulegen.«

»Dann glaubst du mir also!« rief Vi und schlug vor Freude, eine geistige Mitstreiterin gefunden zu haben, die Hände zusammen.

»Nun«, ich versuchte, mich vorsichtig auszudrücken, »sagen wir, ich stehe dem Thema unvoreingenommen gegenüber.« Meine etwas zweideutige Antwort führte zu einer heftigen Reaktion meiner Kameradin.

»›Unvoreingenommen‹, sagt sie! Oh ja, ich sehe schon, wie unvoreingenommen du bist! Nun, ich erzähl' dir was, Emma Hudson«, fuhr sie noch immer sehr gereizt fort, »ich bin schon durch so manche Tür und Wand gegangen, damit du's weißt!«

Ich war vollkommen überrascht. »Was sagst du da, Violet? Du willst doch nicht behaupten, daß du wirklich...«

Ein selbstgefälliges und zufriedenes Lächeln erschien auf ihrem Gesicht.

»Genau das«, sagte sie. »Ich hab' geübt. So wie die alte

Bessie es mir gesagt hat. Ich mein', was soll so 'n altes Weib wie ich sonst mit den langen Abenden anfangen, hä? Das war so was wie ein Zeitvertreib für mich, könnte man sagen. Natürlich bin ich nie allzuweit weg geschwebt. Manchmal nicht weiter als bis ans Ende der Porter Street und zurück.« Sie saß mit verschränkten Armen da und fügte hinzu: »Und es ist mir vollkommen egal, ob du mir glaubst oder nicht!«

Guter Gott, dachte ich, wie hätte Mr. Holmes auf solch ein Eingeständnis astraler Abenteuer reagiert? Ich wette, daß Vi nicht mehr als ein kurzes Händeschütteln und ein Dankeschön von einem amüsierten und zynischen Mr. H. erhalten hätte, bevor sich der Herr aus dieser, wie er sie beschreiben würde, Geschichte einer Verrückten herausgewunden hätte. Welch glücklicher Umstand für meine Kameradin, daß sie sich mir und nicht Sherlock Holmes anvertraut hatte!

»Violet, Violet, Violet«, redete ich auf sie ein, während ich ihre Hände ergriff, »ich glaube dir, wirklich. Du bist schon immer merkwürdig gewesen, mein Mädchen, aber gelogen hast du meines Wissens noch nie.«

Eine Träne quoll hervor und machte sich auf den wäßrigen Weg über die Wange hinunter auf eine bebende Lippe.

»Oh, Em«, schluchzte sie, »ich bin so froh, daß du hier bist.«

Wie auf ein zuvor abgesprochenes Zeichen hin fielen wir uns in die Arme und widmeten uns einer herzlichen und Trost spendenden Umarmung. Doch obwohl auch ich innerlich sehr gerührt war, brach ich das Schweigen und wandte mich kühl und gefaßt an meine Freundin.

»Also, Mrs. Warner, schießen Sie los: der Rest der Geschichte, bitte.«

»Nun gut«, antwortete sie, trocknete sich die Augen und richtete sich wieder zu einer sitzenden Position auf. Während sie damit beschäftigt war, wischte auch ich rasch und unauffällig eine Träne fort. Violet räusperte sich. Sie war bereit loszulegen.

»Es begann alles Samstag nacht«, verkündete sie. »Ich lag in genau diesem Bett. Natürlich wußte ich zu der Zeit noch nicht, daß das die Nacht des Mordes sein würde, das war erst später, du verstehst schon.«

»Ja, ja. Erzähl weiter«, trieb ich sie an.

»Also, ich hab' mich ganz gemütlich ins Bett gekuschelt, als mir einfiel, daß ich vergessen hatte, noch mal nach Ihrer Ladyschaft zu sehen, so wie ich es abends immer machte, nur um zu sehen, ob alles in Ordnung war und so. Ich lag also da, wie ich schon sagte, nett und lauschig und fühlte mich ziemlich müde, als mir der Gedanke kam, daß es ja wahrscheinlich nicht schaden könnte, wenn ich einfach zu ihrem Zimmer schweben würde, wenn du weißt, was ich mein'. Ansonsten hätte das bedeutet, das Bett zu verlassen, den Hausmantel anzuziehen und den Flur entlang zu laufen. Also, da frag ich dich, kann man mir das übelnehmen?«

»Mit anderen Worten«, kommentierte ich mit unbewegtem Gesichtsausdruck, »der Geist war willig, nur das Fleisch war schwach.«

Das provozierte ein Kichern bei Vi.

»Oh, das gefällt mir, wirklich. Der Geist war willig...« Noch ein Kichern. »Du überraschst mich, wirklich, Em.«

»Weißt du, Violet«, antwortete ich, unsicher, ob ich mich verletzt fühlen sollte oder nicht, »ich habe schon einen gewissen Sinn für Humor.«

»Richtig«, sagte sie und versuchte, ihr Lächeln zu unterdrücken. »Wo war ich doch gleich? Ah ja. Also, ich schwebte den Flur entlang zum Schlafzimmer Ihrer Ladyschaft.«

»Einfach so?«

»Ja. Wenn ich es mir erst einmal in den Kopf gesetzt hab', brauch' ich nicht lang, um loszuschweben.«

Obwohl es mir immer noch schwer fiel zu glauben, was

ich hörte, gab es keinen naheliegenden Grund, warum es nicht so sein sollte. Eine ehrliche Haut, dieses Mädchen aus Manchester. Wie auch immer, es gab einige Fakten, die ich durch ihre Geschichte zu erfahren hoffte.

»Wo genau liegt das Schlafzimmer Ihrer Ladyschaft von hier aus?«

»Drei Türen weiter. Aber nachts ist der Flur kälter als 'ne Eskimonase. Das war noch ein Grund, einfach dahin zu schweben. Wenn ich in meinem geistigen Körper bin, fühl' ich weder Kälte noch Wärme. Irgendwie komisch, oder?«

Sie redete weiter, ohne auf eine Antwort zu warten. Zumal ihre Frage ja ohnehin rhetorischer Art war.

»Da war ich also in ihrem Schlafzimmer, und es war schwärzer als 'n Schornsteinfegerohr. Und wär' da nicht ein klitzekleiner Schimmer vom Mondlicht durch die nur halb zugezogenen Vorhänge gedrungen, hätte ich ihn nie gesehen.«

»Ihn gesehen? Wen hast du gesehen?«

»Hm, das ist es ja gerade ... ich weiß es nicht! Ich konnte nur 'nen dunklen Schatten sehen, der sich gerade über Ihre Ladyschaft beugte. Aber soweit ich erkennen konnte, hielt er ein weißes Tuch oder so was über das Gesicht des alten Mädchens.«

Ich muß gestehen, daß mich ihre Geschichte mit Entsetzen erfüllte. »Was passierte dann?« stieß ich hervor.

»Verdammt noch mal, ich hab' einfach nur geschrien. Und als ich sah, wie sie mit den Armen fuchtelte und versuchte, sich freizukämpfen, hab' ich mich selbst auf ihn gestürzt. Hat allerdings verflixt wenig genützt. Ich hatte nämlich vergessen, mußt du wissen, wenn ich geistig unterwegs bin, kann man mich nicht sehen, hören oder fühlen. Schoß geradewegs durch ihn durch, echt, wie ein verfluchtes Gespenst!«

»Du redest über diese Person, als sei es ein Mann gewesen. Bist du dir da sicher?«

»Hm, weiß nicht. Hab' ich jedenfalls angenommen.«

»Ach, meine liebe Violet«, antwortete ich schulmeisterlich, wie es sich für meine neue Rolle als Privatdetektivin gehörte, »man darf nie etwas annehmen. Eine Annahme hat überhaupt keine Grundlage, da sie höchstens auf Intuition beruht. Wir brauchen Fakten, Mädchen. Fakten.«

»Zu dem Zeitpunkt war ich aber nicht an verflixten Fakten interessiert!« lautete die wütende Replik. »Ich wußte nur, daß ich Ihrer Ladyschaft nicht helfen konnte, wenn ich weiter wie so 'n blöder Schmetterling durch das Zimmer flog! Also schwebte ich zurück, und«, fuhr sie fort und ergriff meine Hand, »frag mich nicht, woher ich die Nerven dazu hatte, aber sobald ich wieder in meinem Körper war, hab' ich mir den Hausmantel übergeworfen und bin den Flur entlang zum Schlafzimmer des alten Mädchens gestürmt.«

»Vi!« rief ich aus. »Das hätte überaus gefährlich sein können. Du hast niemanden informiert?«

»Oh, doch. Das ganze verdammte Haus, so wie ich geschrien und an die Tür gehämmert habe. ›Hey‹, hab' ich gerufen, ›ich weiß, daß Sie da drin sind!‹«

»Die Tür war also verschlossen?«

»Ja. Das hat mich um so mehr aufgeregt, denn Ihre Ladyschaft hatte die Regel aufgestellt, sie nie abzuschließen. Hatte Angst vor Feuer, verstehst du. Wollte in dem Fall nicht krampfhaft versuchen, sie aufzukriegen. Da stand ich also und keifte wie eine Todesfee, bis der alte Hogarth mit einer Kerze und seinem Schlüsselring herbeikam.«

»Ist es dir nicht merkwürdig erschienen, daß er zu dem Zeitpunkt dort auftauchte?« fragte ich.

»Nein, eigentlich nicht«, lautete ihre arglose Antwort. »Der alte Junge macht jeden Abend seine Runde, um zu sehen, ob alles so ist, wie es sein sollte.«

»Aha.«

Ich war von ihrer Antwort enttäuscht, tröstete mich aber mit dem Gedanken, daß seine Ankunft vielleicht wirklich auf eine Routine zurückzuführen sei, es aber durchaus richtig gewesen war, den Punkt anzusprechen. Nach dem Motto: »Nichts unversucht lassen.« Ich bat sie fortzufahren.

»Wir gehen also hinein, Hogarth hält die Kerze hoch, um mehr Licht zu haben, und ich warte darauf, daß jeden Augenblick jemand aus dem Dunkel hervorspringt. Und als ich mich umschaue, da war er weg!«

»Da war er – weg? Also wirklich, Vi!«

»Na, du weißt schon, was ich meine.« Sie fuchtelte verzweifelt mit den Armen, weil ich den Anker an dieser Stelle geworfen hatte, während sie anscheinend mit voller Kraft voraus wollte. Nachdem sie mir einen Blick zugeworfen hatte, den sie für angemessen verärgert hielt, fuhr sie fort.

»Zu diesem Zeitpunkt kam die ganze verfluchte Familie, die das Spektakel, das ich im Flur veranstaltet hatte, gehört hatte, in das Zimmer gerannt und sah mich am Bett stehen und Hogarth mit der Kerze über dem Gesicht der alten Lady. Dann schritt Lady Margaret herbei, und so ruhig wie nur irgendwas verkündet sie: ›Ich fürchte, Ihre Ladyschaft ist tot.‹ Also kämpft sich der Doktor durch die Menge vor und untersucht sie. ›Ja‹, sagt er, ›es scheint, ihr Herz habe sie im Stich gelassen. Zumindest können wir dankbar sein, daß sie in Ruhe verstorben ist.‹ ›In Ruhe!‹ schrei' ich. Oh, ich war so sauer. ›Vor nicht einmal einer Minute sah ich einen Kerl hier drinnen‹, sag' ich. ›Der hat sie umgebracht. Das war kein verflixtes Herzversagen!‹ ›Die Frau hat sich offensichtlich von ihrem Verstand verabschiedet‹, sagt da Lady Arrogant. Der Squire fragt Hogarth, was er von all dem weiß, und Hogarth ...«

»Einen Moment, Vi«, sagte ich. »Bevor du mit deiner Geschichte weitermachst, halte ich es für das beste, wenn du mich mit den im Zimmer Anwesenden vertraut machst. Ich hätte dann ein besseres Verständnis ...«

»Oh, richtig, du kennst sie ja nicht, nicht wahr, Liebes? Also, paß auf. Da waren Sir Charles, natürlich, und Lady

Margaret, die hast du kennengelernt. Dann noch Dr. Morley, er ist der Hausarzt der Familie, und der Squire, das ist Henry St. Clair, der Bruder von Sir Charles. Und wer sonst noch? Ach ja, der Colonel.«

»Der Colonel?«

»Colonel Wyndgate, obwohl ich schon mehrmals gehört habe, wie die Bediensteten ihn hinter seinem Rücken Colonel Windbeutel nennen – zu recht, wenn du mich fragst. Er war ein alter Freund Seiner Lordschaft aus der Militärzeit. Wohnt immer noch hier auf Haddley.«

»Und dieser Henry St. Clair, der Squire, was weißt du über ihn?«

»Der muß ungefähr ein oder zwei Jahre jünger als Sir Charles sein. Leitet das Gut, auch wenn man's nicht merkt. Verbringt die meiste Zeit in London am Spieltisch. So wie auch Sir Charles. Nicht am Tisch, mein' ich, aber in London. Der ist im Vorstand irgendeiner großen Bank. Ich weiß nicht, welcher. Die erzählen mir nie viel. Und das war's.«

»Außer Hogarth«, erinnerte ich sie.

»Oh ja, Hogarth. Nun, den vergißt man schnell, oder? Gehört fast zur Einrichtung, könnte man sagen. Den gibt's länger als Stonehenge. Man kann wohl sagen, daß er mehr über die Familie weiß als sonst jemand.«

Ich machte über die Information eine geistige Notiz und ermahnte mich stumm, sie morgen früh auf Papier festzuhalten.

»Gut, erzähl weiter, Vi.« Da ich merkte, daß sie etwas müde wurde, verpaßte ich ihrem Arm einen kleinen Stupser. »Du erzähltest gerade, daß der Squire Hogarth fragte...?«

»Ja, richtig«, sagte sie und versuchte, ein Gähnen zu unterdrücken. »Hogarth erzählt ihm, daß er mich an die Tür Ihrer Ladyschaft hatte hämmern sehen, daß er die Tür aufgeschlossen und mir hineingefolgt war. ›Haben Sie in dem Zimmer außer Lady St. Clair jemanden gesehen?‹

fragt ihn der Squire. ›Nein, Sir‹, antwortet er. Dann meldet sich Sir Charles zu Wort: ›Warum, um Himmels willen‹, fragt er mich, ›haben Sie gesagt, Sie sahen jemanden im Zimmer, wenn das, was Hogarth uns gerade erzählt hat, ganz deutlich macht, daß Sie draußen vor der Tür standen, als er hier eintraf?‹

Nun, da hatte er mich, oder? Ich mein', ich konnte denen doch nicht erzählen, daß . . . du weißt schon. Die hätten mich nach Bedlam in die Irrenanstalt verfrachtet, ohne auch nur zu fragen. Das ging mir in aller Schnelle durch den Kopf, und so sag' ich, ich hätt' einfach so'n Gefühl gehabt. So was wie weibliche Intuition, wenn man will. Das beeindruckte die Lady Wichtig nicht allzusehr. ›Mrs. Warner‹, sagt sie auf ihre schnippische Art, ›es scheint, als hätten Sie entweder einen schlechten Traum gehabt oder als bauten ihre geistigen Fähigkeiten mit zunehmendem Alter extrem ab. In jedem Fall wäre es besser, Sie ließen uns nun allein.‹«

»Was hast du darauf geantwortet?«

»Nichts. Ich hab' sie ignoriert, wie immer. Und so bestürzt wie ich war, wegen dem Tod meiner Herrin und so, hab' ich mich zu ihr runtergebeugt, um Ihrer Ladyschaft einen letzten Kuß auf die Wange zu geben. Also, meine Nase ist ja nun nicht allzugut. Kann nicht mehr so gut riechen wie früher. Aber, oh, als ich mich über sie beugte, roch ich etwas ziemlich Komisches. ›Hier‹, sag' ich, ›riecht das nicht merkwürdig?‹ Nun, die stellten sich alle drumherum, und nicht einer von ihnen wollte zugeben, etwas zu riechen. Kein einziger!«

»Äußerst rätselhaft. Nicht einmal der Doktor?«

»›Dies ist ein altes muffiges Zimmer, Mrs. Warner. Das könnte alles Mögliche sein.‹ Das war alles, was ich von ihm zu hören bekam.«

»Und Hogarth?«

»Er war da schon fort. Ich glaube, Sir Charles hatte ihn gebeten, sich darum zu kümmern, daß einer der Bedienstenten sich gleich am nächsten Morgen auf den Weg zu einem Bestatter machte.«

»Was war das, deiner Ansicht nach, für ein Geruch?« fragte ich, obwohl ich zu dem Zeitpunkt schon meine eigene Vermutung hatte. Aber falls Vi sie in irgendeiner Hinsicht bestätigen konnte, um so besser.

»Erst am nächsten Morgen fiel mir plötzlich ein, wo ich das schon mal gerochen hatte. Das war zu der Zeit, als Bert im Krankenhaus war. Chloroform war's. Nun, also, ich wußte ja nicht, was ich tun sollte. Dann dachte ich an dich und an Mr. Holmes. Da beschloß ich dann, das Telegramm zu senden.«

»Chloroform – das habe ich mir doch gedacht!« Ich gebe zu, ich rieb mir vor Freude die Hände. Ein in Chloroform getränktes und auf das Gesicht der alten Dame gepreßtes Tuch genügte, um die Tat zu vollbringen. Ich fing an zu verstehen, warum sowohl Mr. Holmes als auch Dr. Watson die Aufklärung von Kriminalverbrechen für ein solch faszinierendes Abenteuer hielten.

Violet hatte mir genügend Anlaß zum Grübeln gegeben. Ich hielt es für das beste, alle Informationen noch einmal zu durchdenken, bevor ich mich dem nötigen Schlaf hingab. Es konnte kein Zweifel bestehen, daß tatsächlich jemand Lady St. Clairs Schlafzimmer betreten und dem Leben der alten Dame ein Ende bereitet hatte. Aber warum hatte keiner der Anwesenden – außer Vi – zugegeben, den Geruch einer verdampfenden Chemikalie im Zimmer wahrnehmen zu können? Und wenn Violet es riechen konnte, dann mußte der Geruch tatsächlich sehr streng gewesen sein. Vertrackt. Äußerst vertrackt. Und was den Ort des Verbrechens angeht, so wäre es dem Mörder nicht möglich gewesen, eine gelungene Flucht vorzunehmen, ohne von Vi oder Hogarth im Flur gesehen zu werden, insbesondere wenn man berücksichtigt, wie wenig Zeit vergangen war. Diesem Gedankengang folgend, ergab sich, daß der Mörder noch im Zimmer gewesen sein muß, als Violet und der Butler hereinkamen. Und dann...? Eine Geheimtür? Vielleicht. Fragen auf Fragen. Von denen keine, so sagte ich mir, noch in dieser Nacht beantwortet werden konnte.

Ich war nun an einem Punkt angelangt, an dem ich den Schlaf wie einen alten Freund willkommen hieß. Ich schaute zu Vi hinüber und war nicht überrascht, daß sie schon in tiefen Schlummer verfallen war: mit offenem Mund und – obwohl sie es nie zugegeben hätte – in unregelmäßigen Abständen leicht schnarchend. Ich blies die Kerze aus, rutschte unter die Decke und schlief sofort ein.

Da die Uhr auf dem Kaminsims in dem dunklen Zimmer für mich nicht sichtbar war, hatte ich keine Ahnung, wie lange ich schon geschlafen hatte, als ich von dem Geräusch wütender, aber gedämpfter Stimmen geweckt wurde. Vi schlief noch, wie mir ihr Schnarchen verriet, und ich hatte nicht die Absicht, sie zu wecken.

Ich stützte mich auf den Ellbogen. Da war's wieder! Nur daß jetzt jemand schrie. Eine junge Frau oder ein Junge vielleicht. Woher kam das? Die qualvollen Schreie waren zu leise, als daß ich hätte beurteilen können, aus welchem Teil des Hauses sie kamen. Das Zimmer über uns? Vielleicht.

Ich erinnere mich, daß ich vollkommen erschöpft war. Das letzte Geräusch, das ich noch wahrnahm, bevor ich erneut dem Schlaf nachgab, war ein dumpfer Schlag, so als fiele ein Körper zu Boden.

7. Das geheimnisvolle Mädchen

Als Vi und ich am folgenden Morgen die Treppe hinuntergingen, wurden wir von Hogarth empfangen, der uns mühsam entgegenkam.

»Mrs. Warner, Mrs. Hudson«, keuchte er und hielt sich am Geländer fest, um wieder zu Atem zu kommen. »Ich war gerade auf dem Weg zu Ihnen, um Sie davon in Kenntnis zu setzen, daß sich das Frühstück verzögern wird, bis ...«

»Was?« unterbrach ihn Vi. »Ist mit Cook irgend etwas nicht in Ordnung? Und ich hab' mich so auf Heringe und Würstchen gefreut. Nun, da siehst du's mal wieder«, sagte sie mit einem Seufzer, »nicht einmal in einem solch vornehmen Haus kann man sicher sein, wann es das nächste Mal etwas zu essen gibt.«

»Mit Cook ist alles in Ordnung, Mrs. Warner«, erwiderte Hogarth. »Ich fürchte, es handelt sich um etwas Ernsteres als das. Die Polizei ist hier.«

»Die Polizei!« riefen wir einstimmig aus.

»Ein Inspektor und ein Constable aus Twillings, Mrs. Hudson.«

Ich erinnerte mich an Twillings als den Namen des Dorfes, in dem ich den Bauern getroffen hatte, der mich zum Gut mitgenommen hatte.

»Worum geht es denn, Hogarth?« fragte ich.

Obwohl er sichtlich mitgenommen war, ermöglichten es dem alten Herrn die langen Jahre der Dienerschaft, ein jeder Situation angemessenes Gefühl für Etikette zu bewahren.

»Sir Charles«, erklärte er mit einem nur kleinen Zittern in der Stimme, »hat sich dem Wunsch des Inspektors gefügt, daß sich die Familie, ebenso wie andere auf dem

Gut logierende Personen, außer den Bediensteten, so bald wie möglich im Musikzimmer einfinden möge, Madam.«

»Die Bediensteten nicht?«

»Alle anderen wurden, ebenso wie ich, schon befragt, Mrs. Hudson.«

»Zumindest wird endlich etwas unternommen!« rief Violet aus. Dann fügte sie mit einem mißtrauischen Blick in Richtung Hogarth hinzu: »Äh, es geht doch um Ihre Ladyschaft, oder?«

»Ich fürchte, Mrs. Warner«, lautete die zurückhaltende Antwort des alten Herrn, »es wäre unklug meinerseits, wenn ich noch mehr Informationen preisgäbe, als ich es schon getan habe.«

»Aber, Hogarth . . .« Ich hielt inne, als er seinen Blick von mir abwendete und sich vor aufgestautem Kummer auf die Lippe biß.

Ich hatte das Gefühl, daß er uns eine Menge erzählen könnte, aber er blieb der ewig perfekte Butler. Ich drängte ihn nicht weiter und fragte mich, ob sich tatsächlich jemand zum Ableben der verstorbenen Lady St. Clair geäußert hatte. Und falls ja – wer? Violet, so nahm ich an, gingen ähnliche Gedanken durch den Kopf, denn wir tauschten verwirrte Blicke aus, während wir die Treppe hinuntergingen und uns ins Musikzimmer begaben.

»Hallo, kommen Sie herein, meine Damen«, sagte Sir Charles, als wir – kurzfristig zögernd – in der offenen Tür standen. »Das macht die Gesellschaft wohl komplett«, fügte er hinzu und wandte sich dabei an einen kleineren Mann mit einem buschigen Schnauzer, der genau links von uns stand und sowohl einen Mantel als auch eine fest auf dem Kopf sitzende Melone trug. Merkwürdig, dachte ich, waren sie durch die Gegenwart des Herren so eingeschüchtert, daß sie auf die Bitte verzichteten, er möge den Hut abnehmen?

Ich schaute mich im Zimmer um und sah Lady Margaret, die feierlich in schwarzen Brokat gekleidet links vom Piano bei ihrem Mann stand.

Guter Gott, dachte ich, wann muß diese Frau wohl morgens aufstehen, um jetzt schon eine so präsentable Figur abzugeben?

Außer den St. Clairs und dem Mann, der offensichtlich der Inspektor war, von dem Hogarth gesprochen hatte, waren noch drei weitere Herren anwesend. Zwei standen zusammen und unterhielten sich leise, während sich der dritte am Fenster plaziert hatte. Jegliche Taxierung, die ich von den dreien hätte vornehmen können, wurde abrupt von einer fragenden Stimme unterbrochen: »Und Sie sind...?«

»Mrs. Hudson«, stellte ich mich selbst vor. »Und dies ist Mrs. Warner, eine alte Freundin und die ehemalige Gesellschafterin der verstorbenen Lady St. Clair, Inspektor...?«

»Thackeray, Madam. Inspektor Jonas Thackeray von der Polizeistation Twillings. Nun gut, meine Damen«, sagte er mit monotoner Stimme, »wie ich den Anwesenden schon mitteilte...«

Er wurde mitten im Satz von Vi unterbrochen, die eine Entschuldigung für unsere Verspätung vorbringen wollte. »Entschuldigen Sie, Inspektor, wir wär'n ja früher unten gewesen, aber Em, ich mein' Mrs. Hudson, und ich, wir waren die halbe Nacht wach. Haben geredet bis in die Puppen. Normalerweise bin ich früher...«

Ihr wurde von Augenbrauen Einhalt geboten, die sich langsam aufwärts zum Rand der Melone bewegten, während die kleinen runden Augen unterhalb der Hutkrempe sie wütend anstarrten.

»Wenn Sie gestatten, Madam!«

Während Vi und ich die Gelegenheit nutzten, auf zwei großen und eher unbequemen Stühlen Platz zu nehmen, bemerkte ich, daß die zwei Männer, die zuvor miteinander gesprochen hatten, es sich auf dem Sofa bequem gemacht hatten.

»Ich werde von neuem beginnen...«

»Inspektor Thackeray!« Lady Margarets Stimme durchschnitt den Raum. »Wenn Sie das Gefühl haben, Ihnen könnte etwas auf den Kopf fallen, dann behalten Sie Ihren Hut um Himmels willen auf, ansonsten...«

Der arme Inspektor, der so in Verlegenheit geriet wie ein Junge beim Damentee, nahm die anstößige Melone vom Kopf und legte sie auf den Tisch.

Nicht schlecht, Lady Margaret, dachte ich.

»Sie müssen mir verzeihen, Mylady«, stammelte er. »Die meiste Zeit merke ich nicht einmal, daß ich ihn aufhabe. Meine Frau«, fuhr er in dem offensichtlichen Bestreben, seine Verlegenheit zu verbergen, fort, »sagt sogar, ich würde damit ins Bett gehen, wenn sie nicht...«

Unruhiges Füßescharren war zu hören. Sir Charles hustete.

In dem Versuch, seine Fassung wiederzuerlangen, holte der Inspektor hastig einen kleinen Notizblock und einen Stift aus der Innentasche seines Mantels hervor.

»Nun, ja, ich fang' noch mal von vorne an, nicht wahr?«

Er schwieg für einen kurzen Augenblick, während er sich fragend im Zimmer umschaute. Zufrieden darüber, daß er nun wohl ohne weitere Unterbrechungen fortfahren konnte, kam er sofort zur Sache. »Die Leiche einer jungen Frau«, verkündete er, »deren Identität bisher unbekannt ist, wurde heute in den frühen Morgenstunden auf dem Grundstück des Gutes von ...« – er warf einen kurzen Blick auf seine Notizen – »einem gewissen Will Tadlock aufgefunden, welcher auf Haddley als Stallbursche angestellt ist. Todesursache war ein starker Schlag von hinten mit einem schweren, stumpfen Gegenstand. Eine vorläufige Untersuchung des Leichnams durch Dr. Morley«, fuhr er fort, »legt den Mord in etwa auf den Zeitraum zwischen elf Uhr gestern abend und ein Uhr heute morgen fest.«

»Ermordet! Eine junge Frau!« Ich schlug die Hand vor den Mund, um einen Aufschrei zu ersticken. Da ich das Gefühl hatte, kurz vor einer Ohnmacht zu stehen, lehnte ich mich gegen Vi und griff haltsuchend nach ihrem Arm. Sie saß fest verwurzelt in ihrem Stuhl, wobei ihre anfängliche Reaktion in Form eines Staunens mit offenem Mund letztendlich einem verzweifelten Ausruf wich.

»Doch nicht Mary!«

Thackeray drehte sich ruckartig zu ihr um. »Mary? Mary wer?«

»Mary O'Connell, Inspektor, ein Stubenmädchen«, sagte der Mann am Fenster, bei dem es sich, wie ich an seinen Gesichtszügen erkennen konnte – vorstehende Nase und das gleiche weiche Kinn – wohl um den Squire St. Clair, den jüngeren Bruder von Sir Charles, handelte.

»Nein, Mrs. Warner, es war nicht Mary«, versicherte er ihr. »Heute morgen fand eine Besichtigung der Leiche statt, und ich kann Ihnen versichern, daß es nicht das Mädchen O'Connell war.«

»Nun, Gott sei Dank«, lautete die erleichterte Antwort meiner Kameradin. »Aber«, befragte sie den Inspektor, »wer ist es dann?«

Die Antwort kam recht verärgert. »Das, Mrs. Warner, versuche ich gerade herauszufinden!«

»Inspektor Thackeray«, meldete ich mich zu Wort, »wollen Sie uns erzählen, daß hier auf dem Gut eine Frau brutal ermordet worden ist, und keiner weiß, wer dieses arme Geschöpf eigentlich ist? Sie haben alle befragt, nehme ich an?«

»Ja, Mrs. Hudson«, lautete die wortkarge Antwort. »Alle – außer Sie und Mrs. Warner.«

Glücklicherweise kam Hogarth gerade in diesem Moment herein und verzögerte für einen Augenblick weitere Äußerungen des guten Inspektors.

»Tee, wie gewünscht, Mylady.«

»Danke, Hogarth. Dort drüben wäre recht«, sagte Lady

Margaret und deutete mit einer Kopfbewegung auf einen Tisch im Queen-Anne-Stil, der vor einem Erkerfenster mit offen drapierten Vorhängen stand.

Während der alte Herr durch das Zimmer schritt, strömte das Sonnenlicht eines frühen Oktobermorgens durch das Fenster, wobei die Strahlen sich in dem runden Silbertablett und dem Teegeschirr spiegelten, welches um ein Sortiment von Feingebäck aufgebaut war.

»Ah, Margaret, unsere Rettung!« lautete Sir Charles' seltsame Antwort auf das Dargebotene.

»Ich weiß, du hättest etwas Stärkeres vorgezogen, Charles, selbst zu dieser frühen Morgenstunde. Aber versuche bitte, tapfer durchzuhalten, zumindest bis zum Mittag.«

»Ha, du machst unseren Thackeray ja glauben, mein Liebling, ich sei der Säufer in der Familie. Nein wirklich, Sir, ich versichere Ihnen, das ist nicht der Fall. Aber dennoch verstehe ich nicht, was daran falsch sein soll, wenn einem ein oder zwei Whisky dabei helfen, der schrecklichen Realität zu entfliehen. Sehr viel erfreulicher als ein Kartenabend – außerdem auch billiger. Bist du nicht auch meiner Meinung, Henry?«

Der Squire tat die Bemerkung mit einem hohlen Lachen ab.

Ich wandte meine Aufmerksamkeit dem Butler zu, der sich lautlos zurückzog. Als er die Tür erreichte, hielt er kurz inne, bevor er sich umdrehte und mich anschaute. Obwohl kein einziges Wort gesagt wurde, sprachen jene traurigen und müden Augen Bände.

Hogarth, dachte ich, nachdem ich Vi und mir Tee eingeschenkt hatte und wieder an meinen Platz zurückgekehrt war, Sie und ich werden zu einem angemesseneren Zeitpunkt noch einen netten kleinen Plausch abhalten. Einige Augenblicke später bemerkte ich, daß einer der drei sitzenden Herren seinen Sessel verlassen hatte und auf mich zukam.

»Wyndgate, Madam. Colonel Wyndgate. Königliches

Regiment North Surrey, im Ruhestand«, stellte er sich vor.

Ein wohlbeleibter Herr mit einem herrlichen weißen Schnauzbart, der zu beiden Seiten seines Kinns herabhing, stand vor mir. Krümel des Gebäcks, welches er in einer fleischigen Hand hielt, fielen auf eine Weste, deren Knöpfe in ein verzweifeltes Tauziehen mit einem überdimensionalen Bauch verwickelt zu sein schienen.

»Colonel«, erwiderte ich grüßend auf seine eher spröde Art des Bekanntmachens.

»Hudson, nicht wahr?«

»*Mrs.* Hudson, ja.«

»Hudson«, wiederholte er mit einem leeren Blick. »Hatte mal jemanden namens Hudson in meinem Regiment. Hab' den Kerl nie gemocht. Nicht Ihr Mann, nehme ich an.«

»Mein Gatte«, erwiderte ich kühl, »diente auf See.«

»Auf See, sagen Sie! Marinemann also?«

»Auf einem Handelsschiff«, sagte ich scharf, denn ich begann, mich zu ärgern.

»Ach, diese Kerle. Nun, machen Sie sich nichts draus, wir tun alle nur, was wir können.«

»Wenn Sie mich entschuldigen, Colonel«, sagte ich. »Ich glaube, ich brauche noch eine Tasse Tee.« Die brauchte ich eigentlich nicht, aber es war eine Möglichkeit, um mich seiner Gegenwart zu entziehen.

»Scheußliche Angelegenheit, was?«

Hörte er schlecht oder ignorierte er einfach meinen Versuch, mich taktvoll zurückzuziehen? Ich wandte ihm meine Aufmerksamkeit wieder zu. Auch wenn ich bezweifelte, daß mir dieser aufgeblasene Wichtigtuer etwas erzählen konnte, so war es doch eine Gelegenheit, die ich nicht ungenutzt lassen durfte.

»Die junge Frau, meinen Sie?«

»Ja, genau.«

»Sie selbst wissen nichts über sie?«

Er leckte seine Finger ab, auf die etwas Marmelade von dem Gebäck geraten war, bevor er antwortete. »Ich! Gott im Himmel, nein, Madam! Hab' das Geschöpf noch nie in meinem Leben gesehen. Ist allerdings ein recht hübsches junges Ding.«

»Sie haben den Leichnam also gesehen?«

»In der Tat, Madam. Wir sind heute morgen nämlich alle wie Soldaten auf einer Parade hinausmarschiert. Alle außer Lady Margaret, natürlich. Es bestand keine Notwendigkeit, daß Ihre Ladyschaft sich so etwas anschauen muß. Ziemt sich nicht, Sie verstehen.«

»Oh, ja«, erwiderte ich mit einem subtilen Sarkasmus, der Violet mit Stolz erfüllt hätte, »die Regeln gesellschaftlicher Etikette haben selbstverständlich sogar Vorrang vor offiziellen Ermittlungen in einem Mordfall.«

»Ja, genauso ist es«, antwortete er und biß in die Überreste seines Blätterteiggebäcks.

Der Inspektor fürchtete offenbar, daß sich seine Befragung zu einem Teekränzchen entwickeln würde, und versuchte, die Kontrolle über die Situation wiederzugewinnen.

»Bitte, meine Damen und Herren«, sagte er mit erhobener Stimme. »Ich weiß, Ihnen steht heute noch das Begräbnis Ihrer Ladyschaft bevor, wenn Sie mir also noch ein wenig Aufmerksamkeit schenken würden, werde ich Sie nicht länger als nötig aufhalten.«

Während das Durcheinander der Stimmen leiser wurde, nahm Violet die Gelegenheit wahr, unsere leeren Tassen auf den Teewagen zurückzustellen, und kehrte zu ihrem Platz zurück.

»Nun, Mrs. Warner«, wandte sich der Inspektor an Violet, »ich denke, das von Ihnen bewohnte Zimmer geht zum hinteren Teil der Gartenanlagen des Gutes hinaus, wo die Leiche gefunden wurde.«

»Ja, das ist richtig«, antwortete Vi. »Wenn sie dort gefunden wurde.«

»In der Tat, Madam. Neben dem Pfad, der zu dem Pavillon führt, um genau zu sein. Und da Sie zuvor erwähnten, daß sowohl Sie als auch Mrs. Hudson letzte Nacht noch lange wach waren, können Sie mir vielleicht sagen, ob einer von ihnen zufällig etwas Ungewöhnliches gesehen oder gehört hat?«

»Wie hätten wir etwas sehen können? Wir waren im Bett und haben nicht am verflixten Fenster gestanden!«

»Also auch nichts gehört?« Seine Augen rasten zwischen uns hin und her.

»Gehört? Ich nicht. Wobei mein Gehör natürlich nicht mehr so gut wie einst ist. Und du, Em?«

»Etwas gehört?« wiederholte ich fragend. In dem Moment schoß mir die Erinnerung an die vergangene Nacht, an erstickte Stimmen und schmerzvolle Schreie durch den Kopf. Doch die Schreie waren von einem Zimmer innerhalb des Hauses gekommen, dessen war ich mir sicher. Oder nicht? Vielleicht war auch nur eine übermäßige Phantasie im Spiel. Sollte ich es sagen? Und wenn ja, was dann? Ich würde wie eine verrückte alte Frau dastehen. Ich brauchte Zeit, um in Ruhe darüber nachzudenken.

»Nein, nichts«, antwortete ich.

»Ich verstehe.« Der Inspektor tat einen müden Seufzer und steckte dabei seinen Block und den Bleistift wieder in die Tasche. Dann wandte er sich an alle Anwesenden und fragte: »Darf ich davon ausgehen, daß niemand auch nur das geringste über die Verstorbene weiß?«

»Es scheint, Inspektor«, stellte Sir Charles fest, »als sei uns allen die junge Frau vollkommen unbekannt.«

»Zigeunerin, wenn man mich fragt. Hab' erst letzte Woche einen ihrer Wagen gesehen. Hat sich wahrscheinlich mit ihrer Sippe verkracht, und die haben sie dann fallengelassen. Widerliche Bettler sind das alles«, lautete der Beitrag zum Thema seitens des Colonels.

»Wir werden das natürlich ebenfalls überprüfen«, antwortete Thackeray trocken.

»Guter Mann, guter Mann«, schnaubte der alte Soldat.

»Also vielen Dank, meine Damen und Herren, Sie waren äußerst hilfsbereit«, sagte der Inspektor mit einer geringen oder gar nicht vorhandenen Überzeugung in der Stimme. »Obwohl ich sie vielleicht darauf hinweisen sollte, daß es zu einem späteren Zeitpunkt möglich sein könnte, daß eine weitergehende Befragung notwendig wird. Ich gehe nicht davon aus«, fügte er nachträglich hinzu, »daß jemand vorhat, weitere Reisen zu unternehmen.«

Violet meldete sich zu Wort. »Em, Mrs. Hudson, meine ich, und ich selbst hatten vor, das Gut bis zum Ende der Woche zu verlassen. Obwohl wir jetzt natürlich«, fügte sie mit einem Seitenblick auf die Frau des Baronets hinzu, »vielleicht noch ein wenig länger bleiben sollten. Ich bin sicher, daß es Ihrer Ladyschaft nichts ausmacht. Nicht wahr, Lady Margaret?«

Ein Krokodilslächeln wäre die beste Beschreibung des durchtriebenen Grinsens, welches Violets Frage begleitete.

Die Frau in schwarzem Brokat ignorierte Violet und richtete ihre Antwort an Thackeray. »Ist das wirklich nötig, Inspektor?«

»Wenn sie zumindest noch eine Weile blieben, wäre das tatsächlich günstiger«, antwortete er und fügte hinzu, »denn es handelt sich immerhin um Ermittlungen in einem Mordfall, Mylady.«

Lady Margaret preßte ihre Lippen kaum merklich aufeinander, bevor sich ihr königliches Haupt zu einem zustimmenden Nicken bewegen ließ.

Violet wandte sich mir mit der Spur eines Lächelns in ihren Mundwinkeln zu. Es war für uns eine Art Triumph, egal wie klein er auch schien. Denn hätte man uns die zusätzliche Zeit auf Haddley verwehrt, wären unsere eigenen Ermittlungen praktisch unmöglich gewesen.

»Nun gut«, sagte der Inspektor. Dann bemerkte er eine winkende Geste des Squires und zog sich schnell zurück.

Als er ging, richtete sich meine Aufmerksamkeit auf einen gut gebauten Mann mit einer gesunden Gesichtsfarbe und graumeliertem Haar, welches, wie ich feststellte, einen Schnitt bitter nötig hatte. Er nippte schweigend an seinem Tee, trug einen leicht abgetragenen und zerknitterten Anzug und schien ein Mann zu sein, der nur zufällig in diese elegante Enklave geraten war. Ich konnte erkennen, daß sein Gesicht eine gewisse Sensibilität barg. Kein willensstarker oder energischer Mann, dachte ich, aber dennoch ein angenehmer. Als fühle er, Gegenstand einer schweigenden Begutachtung zu sein, drehte er sich um, begegnete meinem Blick, nickte höflich und kam dann zu mir herüber.

»Ich glaube, wir sind uns noch nicht offiziell vorgestellt worden«, sprach er mich freundlich an, und seine warmen, blauen Augen lächelten. »Ich bin Dr. Morley, Dr. Thomas Morley.«

»Oh«, kam Vi zu Hilfe, »verzeihen Sie, Doktor. Dies«, antwortete sie mit einem warmen Lächeln und tätschelte meinen Arm, »ist meine alte Freundin aus London, Mrs. Hudson.«

»Guten Morgen, Doktor«, lautete meine herzliche Antwort. »Ich fürchte, wir lernen uns unter unglücklichen Umständen kennen.«

»In der Tat, Mrs. Hudson. Besonders mit dem Begräbnis und all dem. Sie werden doch gehen, nehme ich an – zu dem Begräbnis, meine ich.«

»Nein«, antwortete ich. »Ich denke nicht.«

»Du gehst nicht?« rief meine alte Kameradin aus. »Warum denn nur nicht?«

»Meine liebe Violet, ich gehöre weder zur Familie, noch kannte ich Ihre Ladyschaft. Außerdem«, fügte ich hinzu, »fühle ich mich von gestern noch immer ein wenig erschöpft, und ein Nachmittagsschläfchen könnte nicht schaden, denke ich.«

Das war gelogen. Aber ich hatte nicht die Absicht, Vi meine Pläne für den Nachmittag in Anwesenheit meiner neuen Bekanntschaft mitzuteilen.

»Oh«, antwortete sie mit einem kindlichen Gejammer, »da bin ich aber enttäuscht. Du gehst nicht mit.«

»Nun dann«, sagte der Doktor, »wir sehen uns zweifellos später noch.«

»Dr. Morley, einen Augenblick, bitte«, sagte ich, wobei ich mich von meinem Stuhl erhob.

»Ja?«

»Als Sie heute morgen die Leiche untersuchten«, fragte ich, als sei dies nichts weiter als ein beiläufiger Gedanke, »schien es Ihnen so, als habe ein Kampf stattgefunden?«

»Nein.«

Das war's. Sonst nichts. Ich hatte gehofft, er sei etwas mitteilsamer, aber es schien, als gleiche der Versuch, Informationen von ihm zu erhalten, dem Vorhaben, einen Diamanten zu behauen. Dennoch ließ ich mich nicht so leicht abwimmeln. »Sie fanden nichts, was vielleicht darauf hinweisen könnte, daß...?«

Er versteifte sich etwas, während sein vormals gewinnendes Lächeln langsam in den Mundwinkeln verschwand.

»Was ich herausgefunden habe, Mrs. Hudson«, antwortete er mit Worten, die freundlich und gleichzeitig verärgert klangen, »ist genau das, was Inspektor Thackeray Ihnen schon sagte. Die junge Frau wurde durch einen Schlag mit einem schweren, stumpfen Gegenstand auf den Kopf getötet.«

»Diesmal keine Spur von Chloroform, Doktor?« bemerkte Vi und stand ebenfalls auf. Ich schrie innerlich auf angesichts dieser Unvorsichtigkeit meiner Freundin, die das wenige, was wir wußten, preisgegeben hatte. Ich wartete seine Reaktion nervös ab. Ah, da war sie: Ein kaum erkennbares Anheben einer Augenbraue, oder war es lediglich ein Zucken? Hatte sich ziemlich gut unter Kontrolle, unser Dr. Morley.

»Chloroform? Ich, äh, habe keine Ahnung, wovon Sie sprechen, Mrs. Warner.«

»Die Leiche der jungen Frau wies keine anderen Verletzungen auf, Doktor, als die von Ihnen schon beschriebenen?« Ich stellte ihm die Frage in der Hoffnung, sie möge Violets Erwähnung des Chloroforms, zumindest im Augenblick, aus seinem Gedächtnis löschen. Während ich auf eine Antwort wartete, sank die Temperatur der einst so warmen blauen Augen beträchtlich. »Mrs. Hudson«, erwiderte er, indem er meiner Frage geschickt auswich, »ich kann leider Ihr Interesse an all dem nicht nachvollziehen. Haben Sie eine gewisse medizinische Bildung?«

Was sollte ich darauf antworten? Vi kam mir zu Hilfe.

»Ach, kommen Sie, Doktor«, erwiderte sie mit einem unbeschwerten Kichern, »Sie wissen doch, wie wir Frauen sind. Ein kleines bißchen Klatsch und Tratsch würde Em und mir nicht schaden, um nächste Woche beim Frauennähkreis im Mittelpunkt des Interesses zu stehen.«

Gut gemacht, Vi!

Obwohl das spontane Märchen meiner Freundin uns als zwei dämliche, klatschsüchtige alte Weiber hinstellte, brachte es uns eine Antwort ein.

»Der Leichnam«, antwortete er, wobei er sich im Zimmer umschaute, als suchte er einen Weg, der ihm die Flucht vor diesen schrecklichen alten Frauen ermöglichte, »wird natürlich vom örtlichen Coroner in Twillings im Hinblick auf die Todesursache noch gründlicher untersucht. Ich würde vorschlagen, meine Damen, wenn Sie weitere Informationen benötigen, wenden Sie sich doch am besten an ihn. Wenn Sie mich nun entschuldigen.«

»Nun, Em«, flüsterte Vi, nachdem sich der gute Doktor von uns verabschiedet hatte, »was hältst du von ihm?«

»Äußerlich recht sympathisch, würde ich sagen. Bis man ihm zu nahe kommt, dann geht eine Schranke runter, die so abweisend ist wie die chinesische Mauer.«

»Mhm, das stimmt wohl«, antwortete Violet. »Allerdings haben Ärzte es nie so gern, wenn man ihr Urteil in Frage stellt, oder?«

Ich bemerkte, daß der Inspektor, der durch die Palme vor der Glastür teilweise verdeckt war, sein Gespräch mit dem Squire beendet hatte und sich verabschieden wollte.

»Vi«, sagte ich, »es gibt da etwas, worüber ich mit dem Inspektor reden will. Es ist vielleicht besser, wenn ich allein gehe. Macht es dir etwas aus?« Mit ihrer Zustimmung durchquerte ich das Zimmer und ging durch die Glastür zu dem Inspektor, wobei ich mich etwas unsicher fragte, wie mein Anliegen wohl aufgenommen würde.

»Inspektor Thackeray?«

»Ja, Mrs. Hudson?«

Ich führte ihn unauffällig am Arm nach draußen, da ich ihn lieber unter vier Augen sprechen wollte.

»Der Leichnam der jungen Frau, wurde er in der Zwischenzeit fortgeschafft?«

»Ich wollte mich gerade darum kümmern. Warum fragen Sie?«

»Ich würde die Leiche gerne sehen.«

»Eine äußerst makabre Bitte, Mrs. Hudson, wenn ich das sagen darf«, antwortete er und beobachtete mich eingehend. Dann fügte er hinzu: »Gibt es etwas, das Sie mir verschweigen?«

Ich glaubte nun, daß es klüger wäre, offizielle und professionelle Hilfe zu suchen. Mr. Holmes hatte auch in einigen Fällen Gebrauch von der Polizei gemacht, und ich dachte, die Situation erfordere es nun, daß der Inspektor von den Ereignissen – so wie ich sie sah – in Kenntnis gesetzt wurde, zumindest bis zu einem gewissen Grade. Da es mein erster Fall war, entschied ich jedoch, daß es am besten wäre, vorsichtig vorzugehen.

»Ich erkläre es Ihnen draußen ausführlicher«, vertraute ich ihm deshalb an.

Er betrachtete mich einen Augenblick argwöhnisch und antwortete dann: »Also gut, Mrs. Hudson, kommen Sie mit.«

8. Grund zum Töten

Wir folgten einem steinigen Weg, der sich durch die landschaftlich schöne Umgebung des Gutes schlängelte, und stiegen dann einige Steinstufen hinab, die in die sanft abfallenden Hügel gesetzt worden waren, bis wir schließlich auf ebener Erde standen. Bäume, die fast vollständig ihres herbstlichen Laubwerkes beraubt waren, gestatteten mir einen eingeschränkten Blick auf einen kleinen See, der in verärgerter Erregung auf einen immer stärker werdenden Ostwind reagierte. Da die Sonne in ein atmosphärisches Versteckspiel mit schiefergrauen Wolken von unheilvollem Ausmaße vertieft war, beglückwünschte ich mich innerlich, an meinen Schal gedacht zu haben. Da innerhalb der Gemäuer von Haddley nur wenig Wärme zu finden war, hatte ich ihn vorsichtshalber schon am Morgen beim Ankleiden umgelegt. Während ich ihn nun noch fester um mich wickelte, stellte ich mir vor, an einem herrlich warmen Junitag hier zu sein – ein riesiger Strohhut auf dem Kopf, Pinsel und Staffelei vor mir – und eine Unzahl von Farben glücklich auf die Leinwand aufzutragen.

»Es muß im Sommer hier sehr schön sein«, sagte ich mit einem Blick über das jetzt kahle Gelände.

»Das war es früher auch«, antwortete der Inspektor, der den Mantelkragen hochschlug und dann die Hände tief in die Taschen steckte. »Aber es wird nicht mehr so gepflegt wie einst. So wird es zumindest erzählt.«

»Von wem?«

»Von den Leuten im Dorf, Madam, aus Twillings.« Er sprach weiter, ohne langsamer zu gehen, und ich hatte Mühe, mit ihm Schritt zu halten. »Es gab eine Zeit, als der alte Junge, Seine Lordschaft, der Earl von Haddley, sollte ich wohl sagen, die Gartenanlagen an einem Wochenende im Sommer für die Dorfleute zugänglich gemacht hat. Große Zelte wurden aufgebaut, Musiker engagiert, die über das Gelände zogen, und Erfrischungen wurden angeboten. So etwas in der Art.«

»Sie selbst waren nie dabei?«

»Lord St. Clair war schon über drei Jahre tot, als ich meine Stellung hier antrat. Man sagt, seine Frau hätte die Tradition sehr gern aufrechterhalten. Aber *die* da«, fügte er mit einer Kopfbewegung in Richtung auf das Gutshaus hinzu, »haben den Brauch seit dem Tod Seiner Lordschaft abgeschafft.«

»Die Familie ist nicht allzu beliebt, nehme ich an?«

»Es steht mir nicht zu, das zu beurteilen, Mrs. Hudson.«

Womit er meine Frage beantwortet hatte.

»Sie kommen aus London, nicht wahr, Inspektor?«

Er sah mich fragend an.

»Ihr Akzent«, antwortete ich lächelnd.

»Oh, ja. Meine Gattin stammt allerdings aus dieser Gegend. Ihr hat die schmutzige und verbrecherische Großstadt nie gefallen. Mir übrigens auch nicht. Als sich die Gelegenheit in Twillings bot, sind wir gegangen. Und es war immer recht friedlich hier – bis jetzt, kann ich nur sagen. Die Akten zeigen, daß es hier seit über fünfzehn Jahren keinen Mord gegeben hat.«

Bei dem Stichwort Mord ergriff ich die Gelegenheit, die Unterhaltung auf das junge Mädchen zu lenken. »Es ist zu schade«, sagte ich, »daß Sie noch keinen Hinweis auf die Identität des Opfers gefunden haben.«

»Als sei sie vom Himmel gefallen«, erwiderte er.

»Ein gefallener Engel, Inspektor?« fragte ich ein wenig scherzhaft.

»Engel? Das glaube ich kaum, Mrs. Hudson«, antwortete er in gleicher Manier. »In all den Jahren in diesem Geschäft bin ich noch nie einem Engel, ob gefallen oder sonstwas, begegnet. Ah, da sind wir ja. Der Pavillon«, sagte er und wies auf ein alterndes hölzernes Bauwerk, das von einem Meer aus Laub umgeben war, welches von seinem einzigen Kameraden, einem riesigen Ahornbaum, stammte. Unter dem Baum stand ein Constable mit Pferd und Karren und daneben ein Junge von etwa achtzehn Jahren, zu dessen Füßen der zugedeckte Leichnam des Opfers lag.

In der Tat ein äußerst finsteres Begrüßungskomitee.

»Wie bist du denn so schnell hierher gelangt, mein Junge?« fragte Thackeray den jungen Mann mit dem zerzausten Haar und dem verängstigten Blick.

»Ich bin gerannt. Hab' eine Abkürzung genommen. Der Squire hat gesagt, Sie wollten mich sehen, und zwar sofort. Und hier bin ich.«

»Ich verstehe. Das ist sehr löblich von dir«, antwortete der Inspektor, während er den jungen Mann von oben bis unten taxierte. »Ich hoffe nur, daß du bei deinen Antworten ebenso schnell und entgegenkommend bist.«

»Was wollen Sie damit sagen? Antworten worauf?«

Thackeray ignorierte den Jungen kurzfristig und wandte seine Aufmerksamkeit mir zu. »Mrs. Hudson, dies ist Constable McHeath, und der Junge hier ist Will Tadlock, der Stallbursche.«

Ich nickte dem Officer zu und sah den Jungen an. »Tadlock? Du bist der Junge, der die Leiche heute morgen gefunden hat, nicht wahr?«

Der Inspektor, nicht der Junge, antwortete schnell. »Oh, ich glaube, er hat mehr getan als sie nur gefunden, Mrs. Hudson. Es scheint, als sei unser Will nicht so ganz bei der Wahrheit geblieben, als er heute morgen befragt wurde.«

»Hab' Ihnen alles gesagt, was ich weiß!« lautete die wütende und verwirrte Antwort des jungen Will.

»Hast du das? Hast du das wirklich?« fuhr Thackeray ihn an. Dann wandte er sich mir zu. »Vielleicht wären Sie nun so nett, Mrs. Hudson, mir mitzuteilen, worin Ihr Interesse an all dem besteht.«

Mir war bewußt, wie wichtig es war, daß meine Antwort Hand und Fuß hatte. Er hatte mir nicht so ohne weiteres gestattet, den Leichnam zu sehen. Ich entschied, daß es – sofern ich sein Vertrauen gewinnen wollte – am besten sei, zunächst den Namen jenes großartigen Mannes ins Spiel zu bringen.

»Sie haben schon einmal von Sherlock Holmes gehört, nehme ich an, Inspektor?«

Die Frage überraschte ihn etwas.

»Holmes? Sherlock Holmes? Ja, sicher habe ich von ihm gehört. Welcher Diener des Gesetzes hat das nicht? Obwohl ich nicht behaupten kann, daß ich seine Methoden billige.«

Diesmal war ich an der Reihe, überrascht zu sein.

»Warum nicht?«

»Ich halte nichts von Leuten, die außerhalb des Gesetzes arbeiten, wie ehrenhaft ihre Absichten auch sein mögen. Dafür haben wir, Madam, die Polizei. Wenn jeder durch die Straßen von London rennen würde, oder meinetwegen durch das ganze Land, und versuchen würde, auf eigene Faust Verbrechen aufzuklären, säßen wir ganz schön in der Patsche, oder? Nein«, fuhr er fort, »es ist besser, wir überlassen solche Dinge denen, die innerhalb des Systems ausgebildet wurden.«

Dies war kaum die Antwort, die ich mir gewünscht hatte, aber ich blieb beharrlich. »Aber«, entgegnete ich, »Sie wollen sicher nicht die Anzahl der Fälle leugnen, für deren Aufklärung er verantwortlich war?«

»Meine Güte, Madam! Was hat denn Sherlock Holmes eigentlich mit Ihnen zu tun? Meine Frage an Sie ...«

»Ich arbeite mit Mr. Holmes zusammen«, unterbrach ich ihn ruhig. Mein Geständnis, welches nicht ganz zutreffend war, könnte man am besten als biegsame Wahrheit bezeichnen – leicht zu meinen Gunsten zurechtgebogen.

»Sie ... und Sherlock Holmes!« rief der Constable aus, wobei er die Frage offen ließ, ob seine Reaktion auf meine

Offenbarung von Bewunderung oder Unglauben zeugte.

Sein Vorgesetzter betrachtete mich eher mißtrauisch, wie ich bemerken konnte. »Sie arbeiten zusammen? Tatsächlich?« fragte er. »Und worin besteht Mr. Holmes' und Ihr Interesse in bezug auf Haddley? Sicherlich nicht in dem Ableben von Lady St. Clair, es gab bei ihrem Tod keinen Verdacht auf Gewalteinwirkung. Dr. Morley selbst sagte dahingehend aus, daß Ihre Ladyschaft im Schlaf an einem Herzversagen gestorben ist. Und«, fuhr er mit einem Blick auf den vor ihm liegenden zugedeckten Leichnam fort, »diese Verstorbene wurde erst vor einigen wenigen Stunden gefunden. Schickt der große Sherlock Holmes seine Mitarbeiter inzwischen schon rechtzeitig *vor* einem Mord?«

Er schüttelte mitleidig den Kopf angesichts des armen – seiner Meinung nach offensichtlich irregeleiteten – Wesens, das vor ihm stand.

»Inspektor Thackeray«, verkündete ich, während ich versuchte, Haltung zu bewahren, »ich habe Grund zu der Annahme, daß der Tod Ihrer Ladyschaft nicht auf einem Herzversagen beruhte. Ich habe Grund zu der Annahme, daß sie ermordet wurde.«

»Aha, und warum nehmen Sie das an, Mrs. Hudson?«

Die Frage wurde mit einem Augenzwinkern und einem Kopfnicken in Richtung des Constables gestellt, den dieser Schlagabtausch ebenso zu amüsieren schien wie den Inspektor. Der junge Tadlock sagte während des Wortwechsels überhaupt nichts, sondern stand einfach da und versuchte die Bedeutung dessen, was er hörte, zu verstehen.

»Der Grund für meine Annahme«, antwortete ich entrüstet und mit einer Stimme, die angesichts der mir entgegengebrachten Arroganz lauter wurde, »ist ...«

Ich hielt inne.

Ich mußte diesen beiden jetzt nur noch von Violets außerkörperlicher Erfahrung erzählen, und sie würden mich vollends für verrückt erklären.

»Mrs. Warner«, gab ich bekannt, »hat mich mit sehr klaren Worten darüber informiert, daß sie bei Betreten des Schlafgemaches einige Minuten nach, sagen wir mal, dem Ableben Ihrer Ladyschaft einen Geruch von Chloroform im Zimmer wahrgenommen hat.«

»Ich verstehe. Chloroform, sagen Sie. Nun, wir werden uns der Sache sicherlich annehmen, da machen Sie sich mal keine Sorgen«, antwortete Thackeray gönnerhaft. »Übrigens, Mrs. Hudson«, fügte er hinzu, »die anderen Anwesenden im Zimmer, die haben dieses ... dieses Chloroform auch gerochen, oder?«

»Äh, nein«, stotterte ich. »Zumindest behaupteten sie, daß ...«

»Ich verstehe«, unterbrach er mich herablassend, »und Ihre Mrs. Warner, das ist dieselbe Dame, die auch irgendeinen Fremden dabei beobachtete, wie er Ihre Ladyschaft umbrachte, während sie draußen *vor* der Tür stand. Ist das richtig?«

Ich konnte nichts tun oder sagen und stand einfach nur mit finsterem Blick da.

»Sie sehen, Mrs. Hudson«, fuhr er auf ebendieselbe herablassende Art fort, »ich habe meine Hausaufgaben bezüglich Mrs. Warners Sicht der fraglichen Samstagnacht gemacht.«

Wie selbstgefällig sowohl er als auch der Constable waren! Und wie gerne hätte ich mich umgedreht und die beiden stehengelassen. Aber ich spielte ein Männerspiel und war entschlossen, im Rennen zu bleiben.

»Was hat der junge Tadlock mit Ihren Ermittlungen zu tun, Inspektor? Oder handelt es sich dabei um vertrauliche Informationen?«

»Vertrauliche Informationen? Ganz und gar nicht, Madam. Zumindest nicht für jemanden, der das Glück hat, ein Kollege des berühmten Sherlock Holmes in Sachen Verbrechensaufklärung zu sein. Ist es nicht so, McHeath?«

»Oh, ja, in der Tat, Sir«, antwortete der Untergebene,

wobei er versuchte, mit einer Hand das Grinsen zu verbergen, welches mit der Antwort einherging.

In Ordnung, meine Herren, halten Sie mich ruhig zum Narren, es dient meinem Zweck, nicht ihrem.

»Was Tadlock betrifft«, der Inspektor holte Pfeife und Tabaksbeutel aus seiner Tasche hervor und fuhr dann fort, »so haben Sie vielleicht von dem Gespräch Notiz genommen, welches ich unter vier Augen mit dem Squire führte, bevor ich mich von jenem Herrn verabschiedete, um Sie hierher zu begleiten.«

Ich nickte bejahend.

»Der Kern des Gespräches war der«, informierte er mich, »daß der Squire letzte Nacht sein Bett verließ, da er nicht schlafen konnte, und dann den Jungen beobachtet hat, wie er in Begleitung einer Frau durch die Gartenanlagen ging.«

Er stopfte seine Pfeife und zündete sie an, bevor er mit seiner Erzählung fortfuhr.

»Sie standen genau unter dem Fenster des Herrn und schienen, ihren Gesten nach zu urteilen, in eine Art Streit verwickelt zu sein.«

»Warum hat der Squire dies nicht früher erwähnt?«

»Eine Frage, die ich ebenfalls stellte, Madam. Seine Antwort darauf lautete, daß er es einfach vergessen hatte, als er das erste Mal befragt wurde. Es war ein Vorfall, der nur einen kurzen Moment in Anspruch nahm, und das spät in der Nacht. Das ist verständlich. Ich bat anschließend darum, daß er den Jungen hierher schicken möge.«

»Und der Squire hat sonst nichts weiter gesehen?«

»Nein. Tadlock und seine Begleiterin waren bald aus seinem Sichtfeld verschwunden. Wie ich schon sagte, er hat nicht mehr darüber nachgedacht, bis heute morgen.«

Ich wandte mich dem jungen Mann zu. »Was hast du zu all dem zu sagen, Will?«

»Es ist alles ein Mißverständnis, Lady! Das war nicht das tote Mädchen, mit dem ich zusammen war!«

»Wer dann? Nun red schon!« bedrängte ich ihn. »Dies ist eine ernste Angelegenheit!«

Mit einem tiefen Seufzer fiel sein Kopf auf die Brust. »Das war Mary.«

»Mary?«

»Mary O'Connell«, sagte er tief durchatmend, als sei ihm eine große Last von den Schultern genommen worden. »Mit Mary hat mich der Squire gesehen, nicht mit ihr«, er verzog das Gesicht und wies auf die zugedeckte Leiche.

»Mary O'Connell, wirklich? Oh, da mußt du dir schon was Besseres einfallen lassen, mein Freund«, erwiderte der uniformierte Officer hämisch.

»Sie haben dieses Mädchen O'Connell befragt, Constable?«

»Das habe ich, Sir«, antwortete McHeath und holte aus seiner Brusttasche einen Notizblock hervor. »O'Connell, O'Connell«, wiederholte er, während er sorgfältig ein Blatt nach dem anderen umschlug. »Ah, hier ist es. Sie hat vergangene Nacht nichts Auffälliges gesehen oder gehört«, las er vor, »und ist um Viertel nach zehn ins Bett gegangen. Dies wurde von Molly Dwyer bestätigt«, fügte er hinzu, »dem Küchenmädchen. Die beiden teilen sich ein Schlafzimmer, Inspektor«, ergänzte er und steckte den Block wieder in die Tasche.«

»Die lügen! Die beiden lügen!« schrie der Beschuldigte.

Er machte einen Schritt zurück, wurde aber von McHeath aufgehalten.

»Warum, Will?« fragte ich. »Warum sollten sie lügen?«

»Weiß ich nicht, fragen Sie doch Mary, Mrs. Hudson. Fragen *Sie* sie!«

Das Bitten in seinen Augen war ausdrucksvoller als alles, was er hätte sagen können. Der arme, unglückliche Kerl hatte sich in einem Netz verfangen, das er nicht selbst gesponnen hatte, dessen war ich mir sicher.

Der Inspektor stand den Unschuldsbeteuerungen des

Jungen vollkommen gleichgültig gegenüber und wies den Constable an, die Leiche des Opfers auf den Karren zu legen, bevor sie sich alle drei auf den Weg nach Twillings machten, wo – so wurde Tadlock informiert – eine offizielle Anklage wegen Mordes gegen ihn erhoben würde.

»Inspektor«, sagte ich, »ich denke, meiner Bitte, den Leichnam zu begutachten, wurde stattgegeben?«

»Oh, aber natürlich, Madam«, lautete die Antwort, welche von einem übertriebenen Kopfnicken begleitet wurde. »Ich möchte doch nicht, daß Ihr Mr. Holmes denkt, die Polizei von Twillings hätte Ihre Ermittlungen in einem Mordfall nicht unterstützt. Ein Mord, wie ich hinzufügen darf, der immerhin schon aufgeklärt wurde!«

Ich ignorierte den letzten Teil seiner Äußerung und kam dem ersten nach.

Nachdem ich mich hingekniet hatte, zog ich das Laken vorsichtig vom Oberkörper weg. Welch hübsches Ding sie doch war. Sogar nach dem Tod. Und so jung, nicht älter als zwanzig. Dem Leben entrissen worden zu sein, ohne es vorher wirklich erlebt zu haben, das war schon ein Verbrechen an sich.

Das Gesicht war nun alabasterweiß, wurde von dem tiefen Kastanienbraun ihrer Haare umrahmt und lag zu Füßen des Baumes gebettet auf Orange und Scharlachrot. Ich richtete ein Gebet an Gott mit dem Gedanken, wenn ein Leben nach dem Tod existiere, welch besseres Bild gäbe es dafür als die herbstlichen Blätter, die nun in ihren leuchtenden Farben auf wunderbare Weise noch lebendiger waren als in ihrem sommerlichen Grün.

Während ich das zum Schweigen gebrachte Gesicht eingehend betrachtete, drängte sich mir der Gedanke auf, daß dieses Mädchen mir irgendwie bekannt vorkam. Ich wischte die Vorstellung rasch beiseite. Unmöglich. Es gab sicherlich niemanden in ihrem Alter, der mir aus meinem kleinen Freundeskreis bekannt war. Was eigentlich sehr schade war, fand ich plötzlich. Dennoch, der Gedanke blieb hartnäckig wie ein Kind, das sich um Aufmerksamkeit bemühend am Ärmel festklammerte. Und dann geschah etwas sehr Außergewöhnliches. Für einen kurzen Moment schoß mir das Wort »Seemann« durch den Kopf. Seemann? Das ergab keinen Sinn. Ich schüttelte den Kopf, als wolle ich diese Störungen von der, wie ich hoffte, äußerst nüchternen und detaillierten Untersuchung fernhalten.

Wie der Lavafluß eines ausgebrochenen Vulkans war das Blut aus ihrem Hinterkopf geschossen und dann durch das nun verfilzte Haar gekrochen, bis es in geronnenen Bächen auf ihren Wangen und ihrem Hals endete. Meine Neugier wurde stärker als meine Abscheu, als ich bemerkte, daß das durchstochene linke Ohr bar jeglichen Schmuckes war. Ich drehte ihren Kopf zur Seite, schob das Haar zurück und entdeckte einen Ohrring in der Form eines Halbmondes im rechten Ohr. Ein Ohrring? Wenn der Mord hier draußen stattgefunden hatte, wie der Inspektor glaubte, mußte der in dem stattgefundenen Kampf verlorengegangene Ohrring in Reichweite liegen. Meine Hände tasteten den Boden und die Blätter ringsum sorgfältig ab. Wie ich vermutet hatte, gab es keine Spur des fehlenden Ohrrings.

Dieses Mädchen war nicht von hier. Auch keine Zigeunerin, wie der Colonel gemutmaßt hatte. Jedenfalls nicht, wenn man von ihrer Kleidung ausging, die ich unter dem halb geöffneten Mantel erkennen konnte. Nicht teuer, wohlgemerkt, aber modisch. Vielleicht aus London? Ach, wenn ich nur mehr Zeit gehabt hätte! Aber ein Husten des Inspektors, vermischt mit gelegentlichem Räuspern, zeigte mir, daß er ungeduldig wurde. Ich legte das Laken behutsam wieder über den freigelegten Teil ihres Körpers, und als ich mich erhob, bemerkte ich, daß von dem Absatz eines jeden ihrer Schuhe eine tiefe Spur durch den weichen, nassen Grund bis hin zu dem Pfad führte. Hatte nicht auch Thackeray das Offensichtliche bemerkt? Wenn ja, dann machte er diesbezüglich keine Andeutungen.

Ich kam zu dem Schluß, daß der Inspektor sich nicht mit irgendeinem Hinweis beschäftigen wollte, der seine bereits aufgestellte Theorie vielleicht umwerfen würde. Tadlock plus Mädchen plus Streit gleich Mord. Alles war in tadelloser Ordnung. Was mich betraf, so konnte ich mir allerdings nicht vorstellen, daß die Gleichung so leicht aufging. Die Scheuklappen-Mentalität eines Inspektors, ehemals Mitglied der Londoner Polizei, veranlaßte mich zu der Spekulation, ob sein Umzug von der Stadt aufs Land wirklich gänzlich auf seinem eigenen Willen beruht hatte.

»Wenn Sie dann fertig sind...«, sagte der Inspektor gelangweilt.

Ich nickte höflich.

Er wandte sich an McHeath. »Sie können dann den Leichnam auf den Karren legen, Constable. Hey du, Tadlock, hilf dem Officer mal.« An mich gerichtet sagte er: »Der Pfad führt Sie zurück, Mrs. Hudson. Es sei denn, natürlich, Sie wünschen, daß ich...«

»Danke, nein, Inspektor«, antwortete ich. »Ich finde ohne Schwierigkeiten zurück. Nochmals vielen Dank, daß Sie der Bitte einer alten Frau nachgekommen sind.«

»Bevor Sie sich verabschieden, Mrs. Hudson, eine Frage noch, wenn's recht ist. Ich wäre daran interessiert, wie – Ihrer professionellen Meinung zufolge – Ihre Erkenntnisse hinsichtlich des Leichnams der Verstorbenen aussehen?«

Die Frage wurde mit einer allzu offensichtlichen Betonung des Wortes »professionell« gestellt.

Doch dieses Spiel konnten auch zwei spielen. »Ich habe festgestellt, daß sie ermordet wurde«, antwortete ich spaßhaft.

Der arme Mann schaute recht mißtrauisch drein und fragte sich zweifellos, ob er nun derjenige war, der zum Narren gehalten wurde.

»Die Frage bleibt, Inspektor«, fügte ich hinzu, »von wem sie ermordet wurde?«

»Von Will Tadlock!« fuhr er mich an. »Sie scheinen nicht zu verstehen, Madam, daß ich hier nicht irgendein Spiel spiele!«

»Mein lieber Inspektor«, sagte ich, wobei ich mich nicht im geringsten durch seinen plötzlichen Ausbruch verunsichert fühlte, »das Leben selbst ist ein Spiel. Warum sollte es nicht auch der Tod sein?«

Buschige Augenbrauen zogen sich zusammen, während sich seine Augen für eine, wie es schien, ewige Zeit in die meinen bohrten. Ein kurzes »Schönen Tag noch, Madam« wurde mir entgegengebracht, ebenso wie ein anschließendes kurzes Tippen an seine Melone, woraufhin er sich entschlossenen Schrittes zum Karren begab. Der Constable hatte schon die Zügel in der Hand, und Will saß niedergeschlagen hinten, während der Inspektor mühsam auf das Gefährt kletterte. Als sie ihre Reise nach Twillings begannen, schrie der junge Kerl flehend zu mir herüber: »Helfen Sie mir, Mrs. Hudson. Sie glauben mir doch, das weiß ich!«

Ihm helfen? Ich wünschte, ich könnte es. »Ich versuche es, Will Tadlock. Ich versuche es«, rief ich mit einem Lächeln, das meine Zweifel verriet.

Während sie in der Ferne verschwanden, unternahm ich noch eine letzte ausführliche Suche nach dem fehlenden Ohrring, indem ich sorgfältig den Boden in Augenschein nahm, auf dem die Leiche gelegen hatte. Unglücklicherweise fand ich nichts. Mit einem Seufzer erhob ich mich, und da ich bemerkte, daß sich der zuvor sanft prasselnde Regen nun zu einem ausgereiften stürmischen Guß entwickelte, legte ich mir rasch den Schal um den Kopf und zog mich geschwind zum Gutshaus zurück.

9. Ein Gespräch unter vier Augen

»Die anderen sind also fort, Hogarth?« fragte ich, als ich den alten Herrn sah, der gerade die Tür zum Musikzimmer hinter sich schloß.

»Vor knapp fünf Minuten, Mrs. Hudson.«

»Mrs. Warner ebenfalls?«

Er nickte bestätigend und fügte hinzu: »Sie bat mich, Ihnen zu sagen, Sie würden sich spätestens zum Dinner sehen.«

Ich legte einen Zeigefinger auf mein Kinn und starrte auf den Boden – eine Geste, so sagt man, die ich gewöhnlich mache, wenn ich verwirrt oder in Gedanken versunken bin.

»Vergeben Sie mir, Hogarth«, sagte ich und wandte meine Aufmerksamkeit wieder dem alten Herrn zu, »aber ich bin etwas überrascht, daß Sie die Familie und das Personal nicht zu dem Beerdigungsgottesdienst begleitet haben.«

»Ich hielt es für das beste, Madam, daß jemand während der Abwesenheit der Familie auf Haddley bleibt.« Er hielt inne, fragte sich zweifellos, ob ich Anspruch auf eine weitergehende Erklärung hatte, und bemerkte dann: »Ich werde ohnehin das Grab aufsuchen, um Ihrer Ladyschaft persönlich zu einem geeigneteren Zeitpunkt die letzte Ehre zu erweisen.«

Ich war erleichtert, daß er ausführlicher geworden war, denn ich glaubte, es wies darauf hin, daß er nichts dagegen hatte, mir gegenüber etwas offener zu sein, als er oder seine Position es normalerweise zuließen. Ein gutes Zeichen. Ich brauchte sein Vertrauen.

Ich machte es mir auf einem reichlich gepolsterten und äußerst komfortablen Ledersofa bequem. Während ich auf den Platz neben mir klopfte, fragte ich: »Würde ich gegen irgendeine Regel des gesellschaftlichen Anstandes verstoßen, wenn ich Sie bäte, sich zu mir zu setzen, damit wir ein wenig miteinander plaudern könnten?« Meine Bitte schien den alten Herrn ziemlich zu verblüffen. Nach einem kurzen nervösen Zögern setzte er sich jedoch neben mich.

»Sie haben sich also entschieden zurückzubleiben, nicht wahr – wie ein Kapitän, der sich weigert, sein Schiff zu verlassen«, begann ich das Gespräch unbeschwert.

»Madam benutzt den Jargon eines Menschen, der mit der See vertraut ist«, lautete die steife und formelle Antwort.

Ich erwiderte, daß sowohl mein Gatte als auch mein Vater den Großteil ihres Lebens zur See gefahren waren und fügte hinzu, daß mein Vater und sein Schiff auf einer Fahrt vor der Küste von Westmalaysia in einem Sturm verunglückt waren.

Das alte Gesicht nahm vor Mitgefühl sanfte Züge an, als er die Geschichte hörte. »Es tut mir leid, dies zu hören, Mrs. Hudson. Für welche Gesellschaft fuhr er?«

Die Frage nach der Gesellschaft zeigte seinerseits eine Kenntnis der Seefahrt, die mich überraschte.

»Blackwell«, antwortete ich.

Der alte Kopf nickte wissend. »Blackwell«, wiederholte er gedankenverloren. »Ja, eine gute Gesellschaft. Ich selbst gehörte zur Besatzung der *Thomas B. Henly,* ein Windjammer der Blackwell-Gesellschaft – zu den Westindischen Inseln und zurück. Wir hatten, soweit ich mich erinnere, Rum und Zuckerrohr geladen.«

Er hatte mich vollkommen überrascht. Wer hätte gedacht, daß dieser nette, zerbrechliche alte Mann neben mir einst in der Takelage geklettert, Segel losgemacht und die Gischt des Ozeans gespürt hatte? Wie schnell wir doch die Menschen mit unser Vorstellung davon, was sie sind, waren oder sein sollten, in Kategorien einordneten!

»Und dennoch«, erwiderte ich, »sind Sie jetzt hier auf Haddley.«

Während er es sich etwas bequemer machte, antwortete er: »Bevor Sie mich nun für einen alten Seebären halten, Mrs. Hudson, muß ich gestehen, daß ich nur eine einzige Reise auf hoher See gemacht habe. Mein Vater, müssen Sie wissen«, fügte er etwas entspannter hinzu, »diente sein ganzes Leben lang auf Haddley, so wie auch schon sein Vater vor ihm. Aber in der Ausgelassenheit der Jugend beschloß ich, wenn ich schon dienen sollte, dann auf See. Es erschien mir als ein weitaus faszinierenderes und abenteuerlicheres Leben, als für immer lautlos über Teppiche zu trotten.«

Ich nickte verständnisvoll, sagte nichts und ließ ihn fortfahren.

»Aber ich fürchte«, redete er weiter, »daß ich nur allzu schnell merkte, daß das Leben eines Seemannes nichts für mich war. Seekrank, Madam. Die ganze Reise über war ich seekrank. Ich schwor, wenn ich England jemals wiedersehen sollte, würde ich die heiligen Hallen von Haddley nie mehr verlassen.«

Ich tätschelte sanft die mit weißen Handschuhen bekleideten Finger. »Dennoch, alles in allem ...«, sagte ich mit einer sich verlierenden Stimme.

»Ja, dennoch, alles in allem«, lautete die leise Antwort, »hätte ich das für nichts auf der Welt versäumen mögen.«

»Es scheint«, lächelte ich, »als hätten wir beide eine besondere Beziehung zur See, Sie und ich.«

Er wandte sich mir zu, und zum ersten Mal, so dachte ich, sah er nicht einfach nur eine Besucherin auf Haddley vor sich, sondern das Gesicht einer Freundin. In dem Moment spürte ich, daß ein Band zwischen uns geknüpft worden war. Ich hielt nun den Zeitpunkt für gekommen, etwas direkter zu werden. »Hogarth«, fragte ich, »liege ich falsch in der Annahme, daß Sie nicht an der Beerdigung Ihrer Ladyschaft teilgenommen haben, da Sie, sagen wir mal, eine persönliche Abneigung gegen die Familie hegen?«

Seine Reaktion bestand aus einer gehobenen Augenbraue, einem Lächeln und eine unverbindliche Antwort: »In Ihnen steckt mehr, als man denkt, Mrs. Hudson.«

Ich erwiderte sein Lächeln.

Langsam lehnte sich der dünne Körper auf dem Sofa zurück, während nachdenkliche Augen tief in den Raum und die Zeit starrten, bevor ich letztendlich mit einer Antwort belohnt wurde.

»Oh, ich hege keine Abneigung gegen die Jungen, ich meine, Sir Charles und den Squire. Du meine Güte, ich erinnere mich noch daran, als sie geboren wurden! Das waren in der Tat glückliche Zeiten«, ergänzte er wohl mehr für sich selbst.

»Und als Herren, heute?«

»Von meinem eigenen, persönlichen Standpunkt aus gesehen würde ich sagen, ›enttäuscht‹ wäre das geeignete Wort.«

»Enttäuscht? Inwiefern?«

»Das Trinken des einen und das Spielen des anderen«, antwortete er leise, während er systematisch eingebildete Fussel von seinem Revers entfernte. Eine Geste, von der er sich wohl erhoffte, daß sie eine gewisse Lässigkeit zeigte und über seine Verlegenheit hinwegtäuschte, welche ihn erfaßte, da er über die Charakterschwächen seiner Arbeitgeber plauderte.

»Beide Herren«, bemerkte ich, um ihn davon in Kenntnis zu setzen, daß ich im Hinblick auf die St. Clairs nicht gänzlich unwissend war, »verbringen einen Großteil ihrer Zeit in London, soweit ich informiert bin.«

»Ja, das ist sehr wohl wahr. In der Tat hat ihre unerwartete Rückkehr aus London letzte Woche die Dienerschaft in ziemliche Aufregung versetzt.«

Aha, dachte ich, hier war etwas, an dem ich ansetzen konnte. Wie ich mich erinnerte, war es eine Maxime von Mr. Holmes, daß jegliche Abweichung von normalen Handlungsmustern – wie im Fall einer unangekündigten Rückkehr, auch wenn sie an sich nicht verdächtig war –

zumindest eine gründliche Untersuchung verdiente. Ich hielt dies nun für den geeigneten Moment, um eine Art Zeitplan unter Berücksichtigung aller Beteiligten aufzustellen.

»Hogarth«, fragte ich, »dürfte ich Sie vielleicht um ein Blatt Papier und einen Stift bitten?«

»Gewiß, Mrs. Hudson, selbstverständlich«, antwortete er, worauf er sich erhob und zu einem kleinen Tisch hinüberging.

»Danke, Hogarth«, sagte ich, als er mir einen Schreibblock und einen Stift reichte.

Während er seinen Platz neben mir wieder einnahm, schrieb ich die folgende Zeile auf: »Lady St. Clair: starb Samstag nacht.« Während ich dies laut las, bemerkte ich, daß mich der alte Herr mit einer gewissen Beklommenheit beobachtete.

»Ja, Hogarth?« fragte ich, als er mit der Hand nervös an seinem Kragen herumfingerte.

»Ihre ... Notizen, Mrs. Hudson«, fragte er mit einem mißtrauischen Blick auf das Blatt Papier, »welchem Zweck dienen sie?«

Es ist wahr, daß ich ihm gegenüber nicht allzu offen gewesen war, und es war nur gerechtfertigt, daß er mein Vorhaben hinterfragen wollte.

»Mrs. Warner und ich«, setzte ich ihn in Kenntnis, »führen unsere eigenen Untersuchungen bezüglich der tragischen Ereignisse dieser letzten Tage durch. Sie, Hogarth, könnten uns beiden sehr hilfreich sein. Selbstverständlich«, fügte ich hinzu, um die Glaubwürdigkeit unserer Absichten zu unterstreichen, »werden alle Hinweise, die wir möglicherweise entdecken, an die Polizei weitergegeben.« Ich hielt den Atem an und wartete auf seine Antwort.

»Ich helfe Ihnen natürlich gern, auf jede mir mögliche Weise. Allein schon aus Respekt vor dem Andenken von Lord und Lady St. Clair«, versicherte er mir.

Ich stieß einen Seufzer der Erleichterung aus.

»Nun dann«, fing ich an, »Sie sagen, der Baronet und der Squire kehrten unerwartet zu dem Gut zurück. Ist das korrekt?«

»Und Lady Margaret ebenfalls.«

Ich fürchte, ich erschien ein wenig verdutzt. »Also waren alle drei nach London gereist?«

»Nein, Madam«, erwiderte der Butler mit einem mitfühlenden Lächeln. »Lassen Sie es mich erklären. Lady Margaret, Sir Charles und der Squire verließen Haddley Montag vor einer Woche. Die beiden Herren fuhren geschäftlich nach London, Lady Margaret nach Devon, um ihre Mutter zu besuchen. Können Sie mir folgen?«

»Ja, ja«, antwortete ich und legte in Anbetracht der sich offenbarenden Fakten den Stift nieder. »Fahren Sie fort.«

»Am vergangenen Freitag morgen, also nicht mehr als fünf Tage nach seiner Abreise und drei Tage früher als erwartet, erfuhr ich überraschenderweise von Cook, daß der Squire zurückgekehrt war und das Frühstück auf sein Zimmer gebracht haben wollte.«

»Dann muß er am Donnerstag abend sehr spät oder am Freitag morgen sehr früh angekommen sein«, sagte ich und klopfte nachdenklich mit dem Stift gegen mein Kinn.

»Es scheint so. Obwohl ihn weder das Personal noch ich gesehen haben. An eben dem Freitag kam dann auch Sir Charles zurück, gerade als ich mich für die Nacht zurückziehen wollte. Ich verlieh meiner Überraschung Ausdruck und informierte ihn, daß sein Bruder ebenfalls unerwartet zurückgekehrt sei.«

»Wie reagierte er darauf?«

»Er schien aufrichtig überrascht zu sein.«

»Und Lady Margaret, wann kam ...?«

»Samstag vormittag. Kurz vor 12 Uhr.«

»Und keiner von ihnen gab Ihnen eine Erklärung für seine plötzliche Rückkehr an den heimischen Herd?«

»Mir? Gott im Himmel, nein, Madam! Ebensowenig stünde es mir an, danach zu fragen.«

»Ich verstehe. Ja, sicher. Und was Colonel Wyndgate betrifft«, fragte ich, während ich mich bemühte, immer kleiner zu schreiben, da der Platz dem Geschriebenen auf dem Papier wich, »er blieb hier, nicht wahr?«

»Der Colonel? Oh, ja. Entfernt sich nie allzuweit von Haddley, unser Colonel.« Dann fügte er nachträglich hinzu: »Muß ein einsames Leben für den alten Soldaten sein.«

»Aber ein angenehmes«, bemerkte ich etwas sarkastisch und schaute mich neidisch in der von Reichtum zeugenden Umgebung um. »Und wann erschien der gute Doktor auf der Bildfläche?« fragte ich und wandte mich damit wieder der im Augenblick wichtigeren Angelegenheit zu.

»Am Samstag abend, kurz nach acht Uhr, wenn ich mich recht erinnere. Es waren entweder der Baronet oder der Squire, die ihn kommen ließen.«

»Warum das?«

»Soweit mir mitgeteilt wurde, hatte sich Lady St. Clair über Schwindelanfälle beklagt. Dr. Morley ließ sie ins Bett bringen. Sir Charles bat ihn, noch ein paar Tage zu bleiben, um sie im Auge zu behalten. Auf mein Wort«, rief er aus, als ich mich wieder meinem Schreibblock zuwandte, »wissen Sie, daß ich noch nie so offen mit jemandem über die Familie gesprochen habe? Jedenfalls, seit Mrs. Hogarth verstorben ist. Sie war nämlich Haushälterin hier auf Haddley.«

Ich antwortete, daß mir das nicht bekannt gewesen war, und drückte mein Bedauern über ihr Ableben aus.

»Danke, Mrs. Hudson, aber das ist schon lange her. Seine Lordschaft lebte damals noch, so ein feiner alter Herr. Ich erzähle Ihnen auch gern«, fuhr er mit nicht wenig Stolz fort, »daß er es war, der für alle Kosten während der Krankheit von Mrs. Hogarth aufkam – ja, und für die Beerdigung ebenfalls. Und wie oft habe ich nicht Lady St. Clair selbst schweigend am Bett meiner Frau sitzen sehen, um ihr in jenen letzten Tagen Trost zu spenden«, fügte er seufzend hinzu, während er sich an all das erinnerte.

Ich fürchte, ich unterbrach ihn in seiner Träumerei, als ich ihn mit meiner Frage wieder in die Gegenwart zurückholte: »Sie waren in der Nacht, in der Ihre Ladyschaft starb, mit Mrs. Warner in dem Schlafzimmer, nicht wahr, Hogarth?«

»Wie? Oh ja.« Er schwieg einen Moment lang, bevor er leise von sich gab: »Merkwürdig.«

Ich griff das Wort auf. »Merkwürdig? Inwiefern merkwürdig?«

»Das ist schwer zu erklären, Madam. Aber ich spürte, daß etwas nicht stimmte. Aber vielleicht mache ich auch mehr davon, als ich sollte.«

»Nicht unbedingt«, erwiderte ich. »Sie wissen natürlich, daß Mrs. Warner der gleichen Ansicht ist wie Sie.«

Ich beließ es dabei, ohne auf Violets Astralwanderungen einzugehen.

»Oh, ja«, antwortete er, wobei er eine weiß bekleidete Hand vor das Gesicht hielt und versuchte, ein Lächeln zu verbergen. »Sie äußerte, wenn ich mich recht entsinne, recht vernehmbar ihre Ansicht, daß irgendein mysteriöser Eindringling in das Schlafzimmer Ihrer Ladyschaft hineinmarschiert sei und sie umgebracht habe.« In einem etwas ernsthafteren Tonfall sagte er dann: »Aber ich sollte Ihnen sagen, daß Mrs. Warner, vor der ich wohlgemerkt den größten Respekt habe, sich irrt. Es war keine andere Person in dem Zimmer, außer uns beiden und der armen toten Frau selbst.«

»Jemand hätte sich verstecken können...«

»Nein«, behauptete er überzeugt. »Die St. Clairs, Dr. Morley und Colonel Wyndgate betraten das Zimmer fast unmittelbar nach uns. Sonst war niemand zugegen. Es tut mir leid, Mrs. Hudson.«

Selbst seine Aussage, daß er niemanden gesehen hatte, brachte mich keinen Deut von meinem Glauben an Vi ab.

Ich bin eine dickköpfige alte Ziege, und ich war nun mehr denn je entschlossen zu beweisen, daß sie recht hatte. Dennoch, ich war verwirrt.

Hogarth bemerkte meine Frustration. »Ach, Madam, dies sind wirklich schreckliche Tage, für alle von uns«, seufzte er und wischte sich mit dem Finger über ein tränendes Auge. »Und nun noch dieses arme Mädchen, welches auf dem Grund und Boden des Gutes ermordet wurde. Ich bin nur dankbar, daß Seine Lordschaft dies nicht mehr erleben muß.«

»Am Ende kommt schon alles wieder ins Lot«, versicherte ich ihm, obwohl ich im Moment selbst etwas Beruhigung hätte gebrauchen können.

Da ich seine Niedergeschlagenheit nicht hinauszögern wollte, dachte ich mir, daß ich ihn ebensogut jetzt fragen konnte, ob er mir eine Bitte erfüllen würde.

»Ja, sicher, Mrs. Hudson«, antwortete er. »Was genau wünschen Sie?«

Bevor ich ihm darauf eine Antwort gab, erzählte ich ihm von den Ereignissen der Nacht zuvor, in der ich von Schreien, stöhnenden Lauten und streitenden Stimmen aufgeweckt worden war. Und daß mir, da ich mich aufgrund der späten Stunde in einem schläfrigen Zustand befunden hatte, nicht klar war, von wo die Geräusche gekommen waren. »Obwohl«, fügte ich hinzu, »ich der Meinung bin, daß es das Zimmer direkt über dem von Mrs. Warner gewesen sein muß.«

»In der obersten Etage?«

»Ja. Wundert Sie das?«

»Es ist so, daß die Zimmer auf jener Etage wohl seit über anderthalb Jahrhunderten nicht mehr als Wohnräume benutzt werden.«

»Sie stehen leer?«

»Größtenteils. Obwohl einige von ihnen als Abstellräume benutzt werden, glaube ich. Aber es ist schon einige Jahre her, daß ich dort oben war.« Mit einem sich selbst herabsetzenden Lächeln fügte er hinzu: »Es ist schon genug für meine alten Beine, die große Treppe hinaufzuklettern. Jedenfalls, was Sie hörten, war wahrscheinlich nichts anderes als das Knarren und Stöhnen, die bei jedem alten Bauwerk auftreten, ob es nun ein Haus oder ein Mensch ist.« Er kicherte.

»Vielleicht.« Ich lächelte. »Dennoch, wenn ich recht habe, dann könnte es dort oben etwas geben, das ein wenig Licht auf die geheimnisvolle Frage wirft, wer das tote Mädchen ist und warum sie ermordet wurde.«

»Ich verstehe nicht«, antwortete er mit einem etwas verwirrten Gesichtsausdruck. »Sie ist doch draußen – nicht innerhalb des Gutshauses gestorben.«

»Wirklich? Ob das stimmt, Hogarth? Das frage ich mich nämlich.«

»Ich fürchte, das wird mir alles zuviel«, seufzte er und schüttelte müde den alten Kopf. »Aber wegen dieses Gefallens, den Sie erwähnten, was genau...?«

»Ich würde dort oben gern einige Nachforschungen anstellen«, bat ich ihn. »Ich werde also die Schlüssel zu den Zimmern brauchen.«

»Das sollte ich wirklich nicht tun, wissen Sie«, antwortete er und wedelte mit dem Zeigefinger, so wie ein Lehrer es bei einem unartigen Kind tun würde. »Aber wie könnte ein alter Seebär wie ich der Tochter eines ehemaligen Schiffskapitäns etwas abschlagen?« Die Frage war rhetorischer Art und, wenn ich das hinzufügen darf, etwas schrullig. »Obwohl ich nicht weiß«, ergänzte er, »was genau Sie dort zu finden hoffen.«

»Ich auch nicht. Aber auf alle Fälle ist es ein Anfang.«

»Ich bewahre die Schlüssel an einem besonderen Ort auf. Aus Sicherheitsgründen – das Hauspersonal, Sie verstehen sicherlich«, flüsterte er. Warum er allerdings flüsterte, war mir schleierhaft, denn soweit ich wußte, waren wir die einzigen lebendigen Wesen im Haus. Aber so war eben sein Sinn für Verantwortung, daß er das Gefühl hatte, ein verschwiegener und vertraulicher Umgang wäre der Situation angemessen. »Obwohl«, fuhr er fort, »ich keinen Grund sehe, das Geheimnis Ihnen gegenüber zu bewahren. Sie sind in der Küche, genauer gesagt, auf der... die Küche!« stieß er hervor. »Du meine Güte, Mrs. Hudson, bitte verzeihen Sie mir!«

»Warum, was denn?«

»Nun, liebe Frau, Sie haben den ganzen Tag noch nichts gegessen, oder?«

»Nur ein kleines Brötchen mit dem Tee heute morgen«, antwortete ich bescheiden.

»Ja, ja, nun, das reicht doch niemals. Kommen Sie mit.«

Ich erhob mich und bot ihm diskret meinen Arm an, um ihm beim Aufstehen behilflich zu sein.

»Aber bitte kein Wort zu Cook, wenn sie zurückkommt«, sagte er und schloß die Tür des Arbeitszimmers hinter uns. »Selbst Lady Margaret würde es sich zweimal überlegen, bevor sie ohne Erlaubnis in das Heilige Königreich der Küche von Cook eindringt.«

»Dann muß Cook ja in der Tat eine sehr ernstzunehmende Person sein!« Ich lachte.

»Wie Sie es vielleicht ausdrücken würden, Mrs. Hudson, die Küche ist ihr Schiff und sie der Kapitän. Aber«, fügte er mit einem Augenzwinkern hinzu, »ich glaube nicht, daß sie es merkt, wenn eine kleine Scheibe Roastbeef und etwas Pastete fehlen.«

»Da wir gerade von Lady Margaret sprechen, und was das betrifft, auch von dem Baronet: Sind keine Kinder aus ihrer Ehe hervorgegangen?« fragte ich, während wir durch einen teppichlosen und schwach erleuchteten Flur gingen, der – wie ich annahm – hauptsächlich von den Bediensteten benutzt wurde.

Dies war eine Frage, die ich Vi hätte stellen wollen, aber ich hatte ja nun eine bessere Quelle an meiner Seite, aus der ich schöpfen konnte.

»Doch, ein Sohn«, antwortete er. »Und ein feiner Kerl ist das. Ist jetzt in Cambridge. Sein letztes Jahr, denke ich.«

»Und der Squire, er war nie verheiratet?«

»Oh, doch. Sie sind sogar durchgebrannt. Gab einen kleinen Skandal hier, wenn ich mich recht erinnere.«

Ich wollte gerade etwas sagen, aber behandschuhte Finger wurden mahnend erhoben.

»Fragen Sie nicht nach dem Warum und Weshalb, Mrs. Hudson. Niemand, zumindest niemand von uns, den Bediensteten, hat je die Gründe für all das erfahren.« Die behandschuhten Finger wurden gesenkt. »Das heißt nicht«, fuhr er fort, »daß die Gerüchteküche unter den Angestellten nicht brodelte.«

»Das kann ich mir sehr wohl vorstellen.«

Dennoch war ich skeptisch bezüglich seiner Unkenntnis der Ereignisse, die er mir glaubhaft machen wollte, und ich weigerte mich, es dabei zu belassen. »Aber mit Sicherheit, Hogarth«, fragte ich mit sanfter Beharrlichkeit, »sind Sie in Ihrer Eigenschaft als geschätzter und getreuer Diener besser unterrichtet als die anderen Mitglieder des Hauspersonals, was das, wie Sie es ausdrücken, Warum und Weshalb betrifft, nicht wahr?«

Er antwortete nicht unmittelbar, und ich konnte spüren, daß er sich zwar geschmeichelt fühlte, weil ich seinen Status anerkannte, es ihm aber unangenehm war, wenn er gebeten wurde, über einen privaten Vorfall aus der Vergangenheit der Familie zu plaudern.

»Ich kann Ihnen nur folgendes sagen«, antwortete er nachdenklich. »Es wurde hinter der Hand erwähnt, daß man seiner Frau eine bestimmte Menge Geld gegeben hatte, mit der Bedingung, daß sie eine Schiffskarte entweder nach Australien oder Kanada löste.«

»Aber warum?«

»Sie gehörte nicht derselben gesellschaftlichen Schicht an. Eine Arbeiterin war sie, aus dem Dorf.«

»Wessen Idee war denn das gewesen?«

»Daß sie gehen sollte? Lady St. Clairs. Sie war in dieser Angelegenheit recht unnachgiebig, wenn ich mich recht erinnere. Sie müssen jedoch verstehen«, fügte er – seine verstorbene Arbeitgeberin entschuldigend – hastig hinzu, »dies geschah nicht aus Böswilligkeit seitens Ihrer Ladyschaft. Es ist nur einfach so, daß der Adel in einer anderen gesellschaftlichen Struktur lebt als wir. Sie verstehen?«

Ich nickte voller Verständnis und fuhr mit meiner Befragung fort. »Und der Squire, war er mit all dem einverstanden?«

»Er hatte die Wahl. Entweder auf Haddley zu bleiben oder sich mit seiner Frau ein neues Leben in Übersee aufzubauen. Für den Squire war die Entscheidung leicht. Er entschloß sich, hierzubleiben.«

»Gingen aus dieser Verbindung Kinder hervor?«

»Ein Kind. Ein Mädchen. Man kam überein, daß sie hierbleiben sollte, um auf Haddley großgezogen zu werden. Aber das war ein Handel, der von der Mutter nicht eingehalten wurde.«

»Wie lang ist all das denn her?«

Er grübelte eine Weile über diese Frage nach. »Ich würde sagen«, antwortete er schließlich, »nicht länger als zwanzig Jahre, höchstens.«

»Und die Frau des Squire und die Tochter wurden seitdem nie wieder gesehen?«

»Nie. Obwohl eine Zeitlang Briefe ankamen, die in Kanada abgestempelt waren.« Er schwieg einen Moment. »Oder war es in Australien? Jedenfalls«, fuhr er fort, »nahmen Mrs. Hogarth und ich an, sie seien von der Frau des Squires.«

Als ihm die Fülle der Informationen bewußt wurde, die er gerade vermittelt hatte, flehte mich der ehrwürdige alte Herr mit deutlichen Worten an, das Gehörte unbedingt vertraulich zu behandeln. Ich versicherte ihm überaus glaubhaft, daß ich dies tun würde, woraufhin ihn ein ruhiges und tiefes Gefühl von Erleichterung überkam.

Wir gingen schweigend weiter, bis ich von Hogarth gefragt wurde, ob die Informationen, die mir nun anvertraut waren, in irgendeiner Weise meinen Untersuchungen dienlich wären.

»Im Moment«, antwortete ich mit einem müden Seufzer, »ist alles Nahrung für meine grauen Zellen.«

»Ah, da wir gerade von Nahrung sprechen, Mrs. Hudson«, verkündete mein neuer Vertrauter, als wir uns der Tür am Ende des Flures näherten, »die Küche wartet.«

Alle Gedanken an weitere Fragen verblaßten, als plötzlich Bilder von köstlichem Roastbeef vor meinen Augen schwirrten.

10. Das Zimmer im obersten Stockwerk

Mit dem Schlüssel in einer Hand, der Kerze in der anderen, einer Handtasche, die an meinem Gelenk hing, und einem Gefühl der Beklommenheit im Herzen ging ich vorsichtig einen scheinbar nie enden wollenden Flur entlang, der in Schwärze und böse Vorahnung getaucht war.

Ich erinnerte mich daran, daß Hogarth erwähnt hatte, daß es über anderthalb Jahrhunderte her war, seit diese oberen Räume zuletzt bewohnt gewesen waren, und ich hatte das Gefühl, als hätte ich einen Zeittunnel betreten, in dem jeden Moment eine Tür aufgerissen werden würde, und zwar von einer nebligen Erscheinung aus dem 17. Jahrhundert, die eine Erklärung für meine unerwünschte Anwesenheit forderte.

So, wie die Dinge lagen, tröstete mich der Gedanke nur wenig, daß mein Schatten, der durch die flackernde Flamme in Größe und Gestalt verzerrt wurde, mein einziger Begleiter war. Wie sehr ich mir doch aus tiefstem Herzen wünschte, daß Vi bei mir gewesen wäre!

Wenn die Stimmen, die mich geweckt hatten, in der Tat aus dem Raum über dem Schlafzimmer von Violet gekommen waren, dann mußte die Tür, vor der ich nun stand, gezwungenermaßen diejenige sein, die ich suchte. Ich drückte mein Ohr dagegen und lauschte – warum, weiß ich wirklich nicht. Ich nehme an, es war eine natürliche Reaktion, aber ich hielt es für sehr unwahrscheinlich, daß sich noch jemand darin aufhalten sollte.

»Bitte, Herr«, sagte ich in einem stillen Gebet, »wenn doch, mach, daß sie noch leben.« Bei meiner augenblicklichen Verfassung konnte ich nur den Anblick einer einzigen Leiche pro Tag vertragen.

Ich steckte den Schlüssel ins Schloß.

Ich drehte den Knauf und war überrascht, wie lautlos die Tür aufging. Dies war keine knarrende Tür – eine stillschweigende Huldigung an die Qualität der Handarbeit eines anderen Zeitalters.

Verschüchtert stand ich in der halboffenen Tür.

Während sich das Tageslicht langsam im Abend verlor, versuchte es mit geringem Erfolg, ein mehrfach verglastes, stark verschmutztes Fenster zu durchdringen, das sich am anderen Ende des Zimmers befand. Dieses wenige Licht, zusammen mit dem der Kerze, genügte mir, um ein Zimmer zu erkennen, das bis unter die Decke mit großen Holzkisten und Kartons unterschiedlicher Formen und Größen vollgestellt war. Kleinere Kunstgegenstände und unzählige goldgerahmte Gemälde lagen verlassen auf verschiedenen Sofas, Diwanen, Couches und Stühlen, die mit Bettlaken abgedeckt waren. Ein gräulicher Alptraum von einem Zimmer, das in den Staub vergangener Jahrzehnte eingehüllt war.

Guter Gott! Während ich auf die Artefakte vor mir starrte, ging mir durch den Kopf, daß dieser Ort ein Miniaturmuseum sei. So großartige Schätze wie diese sollten ordentlich ausgestellt werden. Der Gedanke, daß es einem Publikum vorbehalten blieb, das aus Ratten, Mäusen und Spinnen bestand, war unerträglich!

Ich war nun eher verärgert als verängstigt und fragte mich, ob es sich überhaupt lohnte einzutreten, als ich durch Zufall nach unten schaute und auf dem staubbedeckten Boden verblüffenderweise unmißverständliche Abdrücke sah, welche deutlich erkennen ließen, daß sie von Schuhen beider Geschlechter stammten.

Ich ging hinein und folgte der Spur so mühelos wie ein Jäger, der einem Eselshasen in frischem Puderschnee nachspürt. Ich marschierte durch das Labyrinth von Kisten und Kartons, bis der verräterische Pfad hinter einer großen Holzkiste endete, die als Trennwand für das eiserne Feldbett dahinter diente. Selbst für Thackeray wäre es zu erkennen gewesen, daß die letzte Person, die sich in dieses Feldbett mit seinen zerknitterten Bettlaken und zerknüllten Kissen gelegt hatte, diesem Jahrhundert entstammte, nicht dem letzten.

Ich hegte keinen Zweifel mehr daran, daß dies das Zimmer war, aus dem in der Nacht zuvor die Stimmen gedrungen waren. Eine Haarnadel, die halb versteckt unter dem Kissen lag, fiel mir ins Auge. Eine Flasche Wein, dreiviertelleer, stand auf einem kleinen Tisch neben dem Feldbett. Ein umgekipptes Glas schaute auf seinen zerbrochenen Kameraden herunter, der auf dem Boden lag.

Als ich das Fenster untersuchte, sah ich, daß in einer Ecke der Scheibe eine kleine Fläche vom Schmutz befreit worden war, was den Blick auf einen Teil der Gartenanlagen erlaubte. Während ich dort stand, verharrte eine Maus – vollkommen gleichgültig angesichts meiner Anwesenheit – lange genug zu meinen Füßen, um an einem Krümel zu knabbern, bevor sie ins Dunkel huschte. Ich hob die Überreste ihres Mahls auf und sah, daß es ein Kuchenrest war: alt, sicher, aber keine hundertfünfzig Jahre alt.

Hier hatte also unser mysteriöser Besucher gewohnt, geschlafen und gegessen, wobei nichts darauf hinwies, daß sie – denn es konnte niemand anderes als die tote junge Frau gewesen sein – ein unfreiwilliger Gast gewesen war. Sicher, denn hätte sie gegen eine lange und gewaltsame Gefangenschaft schreiend protestieren wollen, dann wären ihre Rufe gehört worden. Warum war sie dann hiergeblieben? Und wie lange? Länger als vierundzwanzig Stunden, dessen war ich mir sicher, aufgrund der Überreste des Mahls und der braunhäutigen Apfelkerne, die verstreut auf einem kleinen Tisch neben dem Bett lagen. Aber warum wurde sie in einem unbenutzten Zimmer versteckt? Und auf wessen Geheiß? Erst jetzt wurde mir bewußt, daß Ermittlungen zur Aufklärung von Verbrechen eine recht frustrierende Beschäftigung sein konnten.

Ich stellte die Kerze auf den Tisch, kniete mich nieder und fuhr mit einer Hand blind über den Boden unter dem Feldbett, in der Hoffnung, daß meine Finger etwas fühlen würden, was meine Augen nicht sehen konnten. Wenn ich nur den zweiten Ohrring dieses armen unglückseligen Geschöpfes finden würde, wäre das ein Beweis, der von jedem Gericht anerkannt würde – im Gegensatz zu meiner lediglich persönlichen Annahme, daß das ermordete Opfer vor ihrem frühzeitigen Tod auf dem Gut gewohnt hatte. Aber leider fand ich keinen solchen Ohrring.

Meine Hand traf allerdings auf einen Gegenstand weitaus größeren Ausmaßes. Ich zog sie zurück und sah, daß ich eine kleine Marmorstatue in Form eines Engels mit einer Höhe von ungefähr achtzehn Zoll hervorgeholt hatte. Ich stellte sie vorsichtig auf den Tisch, setzte mich auf das Feldbett und rückte die Kerze etwas näher an meinen Fund heran. Da saß ich nun, fasziniert von der äußeren Schönheit eines unschuldigen kleinen Engels, welcher in den sanften Schein des Kerzenlichts gehüllt war und den Blick gen Himmel gerichtet und die Arme vor Freude und Verehrung ausgestreckt hatte, als hieße er den Schöpfer persönlich zu einer Audienz willkommen. Als ich den Sockel langsam drehte, um dieses vorzügliche Exemplar einer Skulptur – nach meiner Schätzung aus dem 17. Jahrhundert – besser bewundern zu können, war ich entsetzt, als ich an der Seite des Kopfes einen Makel entdeckte, der sich noch weiter über den Rücken ausdehnte. Die Sache weckte mein Interesse in einem solchen Maße, daß ich die Kerze noch ein wenig näher rückte, um eine genauere Untersuchung vorzunehmen. Es schien, als habe der kleine Engel einen tödlichen Schlag auf den Kopf erlitten und als sei der seine Vollkommenheit ruinierende rotbraune Fleck Blut, das aus der Wunde geflossen war.

Wenn ich heute zurückdenke, so glaube ich, es war meine Analogie von Blut und Fleck, die mich zurück in die Realität holte. Wie begabt jener Künstler dieses jahrhundertealten Werkes auch gewesen sein mag, nicht einmal Michelangelo hätte diesen marmornen Körper zum Leben erwecken können. Oh nein, es war wirklich Blut. Das konnte ich durch eine nähere Untersuchung feststellen. Und zwar nicht des Engels.

Die nähere Untersuchung, auf die ich anspiele, bezieht sich auf meinen Gebrauch des Vergrößerungsglases von Mr. Holmes. Oder zumindest auf eines der vielen solcher Gläser, die der Herr sich über die Jahre hinweg zugelegt hat. Sollte Mr. H. jemals diese Zeilen lesen, die ich nun schreibe, dann kann er versichert sein, daß sich der besagte Gegenstand schon seit langer Zeit wieder in der Kommode vor dem Fenster befindet. Daß ich ihn an mich genommen habe, kann ich nur damit erklären, daß ich Mr. Holmes nun mal auf Haddley vertreten wollte und ich das Gefühl hatte, der fragliche Gegenstand, mit dem er seit langem assoziiert wurde, verleihe mir ein gewisses Maß an Professionalität. Ein glücklicher Zufall jedenfalls, denn nachdem ich das Glas aus meiner Handtasche hervorgeholt hatte, merkte ich, daß seine Vergrößerung es müden Augen erlaubte, feine Haare zu erkennen, welche in den Fleck auf der Statue eingebettet waren.

Ich nahm den marmornen Engel vorsichtig hoch, wiegte ihn auf meinem Arm, wie eine Mutter es mit ihrem Kinde täte, und verließ den Tatort des Mordes, wobei ich mir innerlich zu dem Fund des stumpfen Gegenstandes gratulierte, der für den Tod der jungen Frau, deren Leichnam ich erst an diesem Morgen untersucht hatte, verantwortlich war.

Nach dem Dinner verzichteten Vi und ich auf ein Dessert von Fruchteis, zogen uns diskret vom Tisch zurück und begaben uns in das Arbeitszimmer.

»Die Mahlzeit war in etwa so lustig wie eine Abendmahlsfeier!« sagte meine Freundin und ließ sich in den Sessel mir gegenüber fallen. »Wirklich, ich hätte es sogar begrüßt, wenn der Colonel ein oder zwei Äußerungen von sich gegeben hätte. Obwohl er sonst ein ziemlicher Trottel ist.«

»Ich denke«, antwortete ich, »der Mangel an Konversation war verständlich. Es war für keinen von uns ein sehr angenehmer Tag.«

»Mhm, besonders für sie – falls die überhaupt irgendein Gewissen haben. Hättest Lady Margaret bei dem Gottesdienst sehen sollen, Em. Heulte vor sich hin und wischte sich die Augen, als wäre sie ach wie untröstlich. Mensch, man hätte denken können, sie wohnt dem Begräbnis vom Weihnachtsmann persönlich bei! Und ich sag' dir noch was«, fügte sie mit erhobenem Finger hinzu. »Es würde mich nicht im geringsten überraschen, wenn Lady Arrogant selbst meine Herrin umgebracht hätte.«

»Es ist recht leicht«, entgegnete ich, »jemanden zu verdächtigen, vor dem man wenig Achtung hat, aber das bedeutet nicht unbedingt, daß Lady Margaret für alles verantwortlich ist, außer für ihr wirklich unangenehmes Benehmen.«

»Du hast wahrscheinlich recht«, antwortete sie seufzend. »Aber nun sag mal«, meinte sie und betrachtete mich aufmerksam, »was hältst du von all dem, was hier so vor sich geht?«

»Nichts«, gestand ich. »Außer daß wir innerhalb von zwei Tagen nicht nur mit einem, sondern mit zwei Morden konfrontiert wurden, die nach allem, was wir wissen, miteinander in Zusammenhang stehen – oder auch nicht.«

»Ich verstehe«, antwortete sie erneut mit einem Seufzer. »Dann sind wir nicht viel weiter als vorher, richtig?«

»Das würde ich nicht behaupten«, erwiderte ich. »Denn das, was ich heute nachmittag entdeckte, hat mir sehr dabei geholfen, eine Beweisgrundlage zu schaffen, auf der wir nun aufbauen können.«

»Was *du* heute entdeckt hast? Heute nachmittag? Was hat das denn zu bedeuten? Dachte, du bleibst hier, um ein kleines Nickerchen zu machen.«

Ich bat sie um Entschuldigung, daß ich sie nicht früher über meine Aktivitäten aufgeklärt hatte, aber dies – so erklärte ich ihr – war schließlich meine erste richtige Gelegenheit seit ihrer Rückkehr von dem Begräbnis, mich in Ruhe hinzusetzen und die Ereignisse des Tages, so wie sie sich abgespielt haben, mit ihr zu diskutieren.

Ich erzählte ihr in allen Einzelheiten von meiner Untersuchung des Leichnams des ermordeten Mädchens, von der anschließenden Verhaftung von Will Tadlock, von dem geheimen Zimmer, in dem sich das Opfer aufgehalten hatte, und von meinem Fund, dem blutbefleckten Engel, den ich später für sie aus seinem jetzigen Versteck unter den zusammengelegten Kleidungsstücken in der untersten Schublade ihrer Kommode hervorholen würde.

Sie hörte mit offenem Mund erstaunt zu, ohne mich ein einziges Mal zu unterbrechen, bis die ganze Geschichte erzählt war, und meinte dann: »Du warst wirklich fleißig, das kann man wohl sagen! Du liebe Güte, Mr. Holmes wäre sicher so stolz auf dich!«

Auch wenn ich mich geschmeichelt fühlte, so blieb doch jegliche Antwort, ob bescheiden oder auch nicht, unausgesprochen, da sie unmittelbar fortfuhr:

»Und der arme Will, wegen Mordes verhaftet!« rief sie aus. »Mensch, der könnte ebenso wie du oder ich keiner Fliege etwas zuleide tun. Und stell dir vor, er und Mary. Haben sich heimlich getroffen, sagst du?«

»Wenn man dem jungen Mann glauben kann, ja. Hat das Mädchen dir gegenüber jemals erwähnt, daß sie sich mit ihm traf?«

»Nein, kein Wort. Aber es sieht Will nicht ähnlich zu lügen. Nicht daß er so ehrlich ist, wohlgemerkt. Er ist einfach nur nicht so schlau, wenn du weißt, was ich meine.«

»Und doch sagt Mary, daß sie ihn in der vergangenen Nacht überhaupt nicht gesehen hat.«

»Nun, schau mich nicht an«, erwiderte sie verzweifelt. »Ich hab' keine Ahnung, was ich von all dem halten soll.«

»Ich auch nicht«, antwortete ich. »Deshalb habe ich zuvor die Gelegenheit ergriffen und Hogarth gebeten, das Mädchen nach dem Mahl zu uns zu bringen.« Da der Butler erwähnt hatte, daß sich die Familie gewohnheitsmäßig nach dem Dinner zusammen mit dem Colonel und dem Doktor in das Musikzimmer zurückzog, hielt ich das Arbeitszimmer für den sichersten Ort, um ein Treffen mit Mary zu arrangieren.

»Nach dem, was du mir so erzählt hat, scheint es, als hättet ihr, du und Hogarth, euch gleich richtig gut verstanden. Etwas zu alt für dich, findest du nicht, meine Liebe?«

»Oh, Vi, also wirklich!« Was ich sonst noch hätte hinzufügen wollen, wurde durch ein leichtes Klopfen an der Tür unterbunden.

»Die O'Connell!« flüsterte ich aufgeregt. »Ich denke, es würde unserer Absicht am dienlichsten sein, wenn wir so tun, als wüßten wir mehr, als es der Fall ist, wenn wir sie befragen.«

»So tun, als wüßten...?«

»Psst! Mach einfach mit.«

Ein hübsches Mädchen, nicht älter als zwanzig, wenn überhaupt, bekleidet mit dem obligatorischen schwarzen Kleid, der weißen Schürze und mit einem Spitzenhäubchen auf der hochgekämmten Frisur, betrat schüchtern das Zimmer, lächelte Vi erkennend an und warf mir einen fragenden Blick zu.

»Mrs. Hudson, nicht wahr? Mir wurde gesagt, daß Sie mich sprechen wollten.«

»Ja, Mary«, antwortete ich herzlich. »Mrs. Warner und ich würden uns gern, wenn du erlaubst, ein klein wenig mit dir unterhalten.« Ich wies mit einer Handbewegung auf den Sessel zu meiner Linken. »Bitte, setz dich doch.«

Sie zögerte und warf Vi einen hilfesuchenden Blick zu, so als wolle sie fragen, ob ihr dics anstünde.

»Setz dich ruhig, Mary, sei ein gutes Mädchen«, bestätigte meine alte Freundin mit einem freundlichen Lächeln.

»Laß dir keine Gelegenheit entgehen, um deine Füße zu entlasten, sag' ich immer.«

Kaum war sie meiner Bitte nachgekommen, rutschte sie auch schon so unruhig in ihrem Sessel hin und her, wie es ein vor den Direktor gezerrter Schüler tun würde. Da wir uns nun auf gleicher Höhe befanden, konnte ich verblüfft eine gewisse Ähnlichkeit zwischen ihr und dem ermordeten Mädchen erkennen.

Guter Gott, dachte ich, als mir die Erinnerung an meinen verstorbenen Gatten durch den Kopf schoß, der von den Gesichtern seiner toten Schiffskameraden verfolgt wurde, würde ich von nun an das Gesicht des armen toten Mädchens in dem Gesicht jeder jungen Frau sehen?

»Stimmt etwas nicht, Mrs. Hudson?«

»Wie?«

Ich war tief in Gedanken versunken und hatte nicht bemerkt, daß sie mein Starren, so unbeabsichtigt jene Unhöflichkeit war, unnötig in Verlegenheit brachte.

»Nein, nein. Nichts«, erwiderte ich lächelnd. »Nun erzähl mir doch«, fragte ich, »wo ist dein Zuhause?«

»Zuhause? County Clare in Irland, Mrs. Hudson.«

»County Clare«, wiederholte ich. »Schon der Name hat so etwas Schwungvolles an sich. Es muß dort sehr schön sein.«

»Schön, sagten Sie? Davon weiß ich nichts.«

»Oh.« Ich wußte nicht so recht, was ich sonst sagen sollte.

»Man hat nicht allzuviel Gelegenheit, die Gegend zu bewundern, wenn man die Älteste von acht ist, gnädige Frau. Hab' mein ganzes Leben lang schwer gearbeitet, wirklich. Mein Vater ist gestorben, und meine Mutter ist zwar 'ne liebe Frau, aber sie hat keinen Tag, ohne daß ihr irgendwas weh tut, da blieb es an mir hängen, mich um die ganze Schar zu kümmern! Kochen, waschen, schrubben, und nie einen Tag für mich allein. Sehen Sie«, rief sie und streckte ihre Arme vor uns aus, »neunzehn bin ich, und ich habe Hände wie 'ne alte Frau! Oh«, stammelte sie mit hochroten Wangen, »du meine Güte, Madam, ich wollte nicht sagen ...«

Wir beiden älteren Damen lächelten.

»Na, komm, mach dir keine Sorgen, Mary«, antwortete meine Freundin mit einem Kichern. »Em und ich machen uns keine Hoffnungen, daß wir in dieser Phase unseres Lebens noch zur Maikönigin gekürt werden könnten.«

»Und so bist du nach England gekommen, um ein Vermögen zu machen«, sagte ich, noch immer über Violets letzte Bemerkung lächelnd.

»Unsereins denkt nicht an ein Vermögen, Mrs. Hudson. Einen ehrlichen Tageslohn für eine ehrliche Tagesarbeit, das ist alles, was ich verlangen oder erhoffen kann.«

»Und Haddley Hall – dir gefällt es gut hier, nicht wahr?«

»Recht gut.«

Sie gab mir Gelegenheit einzuhaken, und ich warf sofort den Anker. »Und Will Tadlock, der gefällt dir auch recht gut?«

Ihr Mund stand offen, während sie die Augen verwirrt und überrascht weit aufriß. Sie rutschte unruhig in ihrem Sessel hin und her, wandte sich erst Vi und dann mir zu. »Will Tadlock? Ich weiß nicht, was Sie meinen, Mrs. Hudson, und das ist die Wahrheit.«

»Ach, komm schon, Mary, du und Will – das weiß doch jeder.« Ich warf Violet rasch einen Blick zu. »Stimmt's nicht, Mrs. Warner?«

»Mhm, das ist schon richtig«, antwortete sie und half, der Lüge Glaubwürdigkeit zu verschaffen. »Ist kein Geheimnis für mich. Auch nicht für andere.«

»Andere, sagen Sie?« rief sie aus und packte die Armlehnen des Sessels mit Fingern, die sich tief in den Stoff bohrten. »A... aber Lady Margaret«, stammelte sie, »sie weiß doch nichts, oder?«

»Nein«, sagte ich, »sie zumindest weiß nichts.« Was aller Wahrscheinlichkeit nach tatsächlich der Fall war.

Ihr Körper, den sie noch Augenblicke zuvor so aufrecht gehalten hatte wie ein Leibgardist, fiel plötzlich mit einem überwältigenden Gefühl der Erleichterung wie eine Stoffpuppe in sich zusammen.

»Gott sei's gedankt!« rief sie aus.

Meine Freundin und ich tauschten verwunderte Blicke aus.

»Warum sorgst du dich so im Hinblick auf Lady Margaret?« fragte ich.

Keine Antwort.

Wir saßen schweigend da, bis sich die junge Frau recht unerwartet erhob. »Wenn Sie sonst nichts mehr wünschen, Mrs. Hudson, Mrs. Warner, sollte ich wohl besser wieder an meine Arbeit gehen.«

Ich war durch ihren spontanen Abbruch der Unterhaltung einen Augenblick lang verwirrt. Aber bevor ich sie aus dem Zimmer hinaussegeln ließ, legte ich mich ins Zeug und hoffte, ihre Verteidigung zu entwaffnen.

»Ich glaube nicht, daß dir der Ernst der Situation bewußt ist«, begann ich, als sie sich von mir zur Tür wandte. »Squire St. Clair hat Inspektor Thackeray erzählt, daß er Will und eine junge Frau vergangene Nacht in dem Garten des Gutes gesehen hat. Will sagt, daß du es warst. Der Inspektor hat seine Geschichte dank deiner Aussage, daß du zu der fraglichen Zeit geschlafen hast, ignoriert. Er ist der Ansicht, daß Will Tadlock in Begleitung des Mädchens war, das ermordet wurde. Es tut mir leid, Mary, aber ich denke, du solltest wissen, daß dein junger Freund heute vormittag wegen eines Mordverdachtes verhaftet wurde. Und ich fürchte, der Junge wohnt zur Zeit in einer Zelle in Twillings.«

Mit einem Gesicht, das nun so weiß war wie die Schürze, die sie trug, stolperte Mary einige Schritte rückwärts und schlug eine Hand vor den Mund, als wolle sie einen Aufschrei unterdrücken, während ihr Körper von einer Seite zur anderen taumelte. Ich fürchtete, sie würde ohnmächtig werden.

»Schnell, Vi, fang sie auf!« rief ich.

Bevor jedoch eine von uns die Gelegenheit hatte, etwas zu unternehmen, fiel sie in den Sessel zurück, wobei ihr Körper in zügellosem Kummer bebte.

»Will, wegen Mord verhaftet! Aber er ist doch unschuldig, Mrs. Hudson. Ich schwöre es, bei all den Heiligen im Himmel!« stöhnte sie, wobei Tränen in die blauen irischen Augen traten.

»Dann war er gestern nacht mit *dir* zusammen«, stellte ich fest.

Sie bestätigte dies unter herzzerreißenden Schluchzern.

»Komm, komm, Mary«, sagte ich und tätschelte ihr sanft die Hand, »es gibt keinen Grund, sich so aufzuregen.«

Ich gab ihr einen Moment, sich zu sammeln, bevor ich sie fragte, ob sie sich in der Lage fühlte, mir dabei zu helfen, die Ereignisse der Vornacht zu rekonstruieren.

Sie holte ein kleines Leinentaschentuch aus ihrem Ärmel hervor, putzte sich die Nase und tat ihr Bestes, um ein Lächeln aufzubieten.

»Du hast dein Zimmer gestern abend verlassen und bist vom dem Gutshaus hinüber zu Wills Zimmer gegangen, das über dem Stall liegt. Ist das richtig?«

Ich erhielt ein bestätigendes Nicken.

»Zu welcher Zeit ungefähr?«

»Gegen elf, nehm' ich an. Aber ich bin nicht lange geblieben.«

»Bis wann?«

»Es war nicht später als kurz nach zwölf.«

»Bist du allein zurückgekommen?«

»Allein? Nein. Will hat mich zurückbegleitet. Normalerweise macht er es nicht, aber gestern nacht hatten wir, nun, so was wie 'ne Kabbelei unter Liebenden, wenn Sie so wollen. Er folgte mir nach Hause und versuchte mit seinem honigsüßen Gerede, die Wogen wieder zu glätten.«

»Aber dann«, drängte ich sie, »habt ihr eure Kabbelei bis vor die Tür fortgeführt, nicht wahr?«

»Ich fürchte, das haben wir.«

»Und das«, sagte ich und warf Violet ein triumphierendes Lächeln zu, »bestätigt die Geschichte von Will und die Ereignisse, so wie der Squire sie gesehen hat!«

»Aber Mary«, fragte Vi, »warum hast du denn gelogen, Liebes?«

»Wegen Lady Margaret«, antwortete sie und wischte sich mit dem Zipfel ihrer Schürze über die nun rot unterlaufenen Augen. »Sie hatte diese Regel, wissen Sie. Sie wollte keine ... keine« – sie hielt inne – »Fraternisierung?«

»Fraternisierung, ja.«

»Fraternisierung zwischen den Bediensteten – Männern und Frauen, wenn Sie wissen, was ich mein'. Eines der ersten Dinge, die man mir sagte, als ich hier anfing, war, daß sie keine merkwürdigen Verhältnisse auf Haddley duldete, mit den Dienern und so. Wenn Ihre Ladyschaft je etwas von mir und Will erfährt, würde ich sofort mit all meinen Siebensachen auf der Straße stehen. Wirklich.«

»Aber wäre das denn so schrecklich?« fragte ich.

»Schrecklich, sagt sie!« Ihre Augen blitzten auf, sie konnte nicht fassen, daß ich überhaupt auf den Gedanken kam, so eine Frage zu stellen. »Ich mit meinen sieben Geschwistern und einer sterbenden Mutter, für die ich sorgen muß! Das wenige Geld, das ich von meinem Lohn nach Hause schicken kann, erhält sie am Leben!«

»Oh, das tut uns leid«, bedauerte meine Freundin. »Nun, aber das wußten wir ja nicht, oder?«

»Deshalb also«, unterbrach ich sie, »sollte das andere Mädchen, Molly ...?«

»Molly Dwyer.«

»Ja, Molly Dwyer. Deshalb sollte sie für dich deine Geschichte gegenüber dem Constable bestätigen. Du hattest Angst, deine Anstellung zu verlieren.«

»Und Molly«, fragte Mary, »sie bekommt doch jetzt keinen Ärger, oder?«

Ich antwortete, daß ich dem guten Inspektor am folgenden Tag einen Besuch abzustatten gedachte und alles in meiner Macht Stehende tun würde, um die Angelegenheit in Ordnung zu bringen. Und nun, da die Wahrheit über ihre und Wills Liaison bewiesen werden konnte, versicherte ich ihr, daß die Polizei keine Alternative mehr hätte, als ihn freizulassen.

Daraufhin mußten Vi und ich einen Ausbruch der Dankbarkeit von einem glücklichen jungen Mädchen über uns ergehen lassen, das – bevor es ging – sich uns noch einmal hoffnungsvoll, wenn auch zögernd zuwandte.

»Lady Margaret«, stammelte sie, »sie wird nicht ... ich mein' ... sie muß doch nichts ...«

»Ach, mach dir um sie keine Sorgen«, versicherte Violet. »Von uns erfährt die nichts.«

Bevor sie die Tür hinter sich schloß, wurden zwei ältere Damen mit einem Lächeln, so riesig wie das Irische Meer, belohnt.

11. Mrs. Warner macht Besuche

Meine Kameradin schlüpfte in ihr Nachthemd, wobei sie gedankenverloren eine fröhliche kleine Melodie vor sich her summte, und schien bester Stimmung zu sein, während sie sich für das Bett zurechtmachte.

»Ich kann dir gar nicht sagen, Em, wie froh ich bin«, sagte sie und schüttelte die Kissen mit wenigen gut plazierten Schlägen auf.

»Froh?«

»Ja. Daß wir den Mord aufgeklärt haben, zum Beispiel.«

Ich habe schon immer versucht, das Unerwartete von meiner alten Freundin zu erwarten, aber dieses Mal überrumpelte sie mich völlig. »Aufgeklärt? Meine liebe Mrs. Warner, wir haben überhaupt keinen Mord aufgeklärt.«

»Wir wissen doch nun, daß Will Tadlock es nicht war, richtig?«

»Violet, Violet, Violet«, stöhnte ich verzweifelt. »Ich denke, das Ziel der Ermittlungen ist es herauszufinden, wer es war – und nicht, wer es nicht war.«

»Ah ja, das sieht dir mal wieder ähnlich. Für dich ist die Flasche immer halbleer.«

Ich lächelte. Sie hatte natürlich recht. Zumindest hatten wir in gewisser Hinsicht einen Fortschritt gemacht. Ich setzte mich auf die Bettkante und beobachtete schweigend, wie sie an ihrer Frisierkommode herumwerkelte und zufrieden vor sich hin summte.

»Was ist das?«

»Was ist was?«

»Das Lied, das du gerade summst. Hört sich bekannt an.«

»Wüßte nicht, wie das sein könnte«, antwortete sie. »Ich hab' es nur ein- oder zweimal gehört, als Sir Charles es am Klavier vor sich hin klimperte. Und du kennst mich ja, Em, hatte schon immer ein Ohr für Musik.«

»Trotzdem, ich kenne die Melodie«, sagte ich und ärgerte mich über diesen Gedächtnisverlust meinerseits. »Könnte es etwas von Gilbert und Sullivan sein?«

»Gilbert und Sullivan? Nicht sehr wahrscheinlich. Das wüßte ich, bei meinen musikalischen Kenntnissen. Hab' als Kind Klavierunterricht gehabt. Hab' ich dir das eigentlich je erzählt? Ja, hätte wohl 'n Beruf draus machen können, da bin ich sicher, wenn ich dabeigeblieben wäre.«

»Aber diese Melodie«, beharrte ich, »es ist merkwürdig, daß sie mir so bekannt vorkommt. Ach, na ja«, ich seufzte, »ich nehme an, bei jedem setzt sich mal eine Melodie im Hirn fest, auf deren Titel man nicht kommt. Ist trotzdem merkwürdig...«

»Ich sag' es dir, Em!« erwiderte sie und warf die Arme frustriert in die Luft. »Es ist schon ein verflixtes Wunder, daß du nicht auch noch das Verschwinden der Sonne an jedem Abend untersuchst. Du siehst in allem ein dunkles Geheimnis!«

»Vielleicht hast du recht.« Ich kicherte. »Trotzdem, es wird mich so lange ärgern, bis ich mich erinnere, wo ich es gehört habe.«

»Mhm, nun ja, wie auch immer, du hast morgen genug Zeit, um dir über alles Klarheit zu verschaffen. In der Zwischenzeit«, fügte sie hinzu und verpaßte dem Kissen einen letzten Knuff, »machst du dich am besten auch zum Schlafen fertig.«

Ich wartete, bis sie unter die Bettdecke gekrochen war, bevor ich verkündete: »Ich fürchte, ich kann nicht ins Bett kommen, zumindest noch nicht.«

»Ach, komm schon, was redest du da?«

»Da ich heute nachmittag nicht die Zeit hatte, das Schlafzimmer von Lady St. Clair zu untersuchen«, erwiderte ich und wedelte mit dem Schlüsselring von Hogarth vor ihrer Nase, »dachte ich mir, ich ergreife die Gelegenheit heute nacht.«

»Das Zimmer Ihrer Ladyschaft durchsuchen – wozu, zum Teufel?« fragte sie, während sie sich aufrichtete.

»Ich hätte gedacht, das wäre offensichtlich. Um Antworten zu finden.«

Sie unterdrückte ein Gähnen. »Antworten worauf?«

»Zum einen«, antwortete ich, während ich ihre Schläfrigkeit etwas sorgenvoll bemerkte, da ich später noch ihre Dienste benötigte, »möchte ich herausfinden, wie unser geheimnisvoller Mörder es geschafft hat, das Zimmer so schnell zu verlassen, und ohne daß ihn jemand gesehen hat.«

»Und wie gedenkst du das anzustellen?«

»Das«, sagte ich und erhob mich, »weiß ich nicht. Aber ich bin fest entschlossen, es zu versuchen.«

»Ich verstehe«, antwortete sie mit einem weiteren Gähnen. »Nun, dann brauchst du mich ja wohl nicht, oder?« fragte sie und machte es sich wieder unter der Bettdecke bequem.

»Eigentlich doch«, erwiderte ich mit einem Lächeln. »Du müßtest dich für mich auf eine Reise begeben.«

Das rüttelte sie wach. »Eine Reise! Was soll das denn jetzt?« Sie beäugte mich argwöhnisch. »Worum geht's hier überhaupt, hä?«

»Du hast mir doch«, sagte ich einleitend, »von deinen außerkörperlichen Erfahrungen erzählt. Also, Mrs. Warner«, fuhr ich mit beschleunigtem Tempo fort, bevor Einspruch ihrerseits erhoben werden konnte, »jetzt ist der Zeitpunkt gekommen, um deine astrale Fähigkeit wieder einmal anzuwenden.«

»Was meinst du damit?«

»Alles, was ich von dir will, ist, daß du ›losschwebst‹, wie du es nennst, und zwar in das Schlafzimmer von Sir Charles und Lady Margaret.«

Auf meine Bitte folgte zunächst ein verwirrtes Schweigen, bevor schließlich ein Sturm des Protestes über mich hereinbrach. »Was? Ihr Schlafzimmer? Oh, Em, das könnte ich nicht! Und überhaupt«, fuhr sie mit einem Blick auf die Kaminuhr fort, »wahrscheinlich sind sie um diese Zeit wahrscheinlich selbst schon dort.«

»In der Tat, das sind sie«, antwortete ich mit ruhiger Stimme. »Ich hörte, wie sie vor kaum fünf Minuten hineingingen.«

»Aha«, verkündete sie mit einem zufriedenen Lächeln, während sie sich erneut sorgfältig zudeckte, »na also, siehst du. Es wäre nicht richtig, oder? Und das, wo ich nicht mal anständig angezogen bin.«

Was sollte ich nur mit ihr anstellen?

»Aber, meine liebe Violet«, lautete meine verzweifelte Antwort, »sie werden dich doch weder sehen noch hören können, nicht wahr?«

Meine einzige bedeutende Kritik an meiner alten Freundin betraf ihre Unfähigkeit, sich das Gesamtbild einer Situation vor Augen zu halten. Ich erinnerte sie an die junge Frau, die an diesem Morgen ermordet aufgefunden worden war, und an die erst wenige Stunden zurückliegende Beerdigung Ihrer Ladyschaft. Ich erklärte ihr, daß diese grausigen Ereignisse noch frisch im Bewußtsein aller Beteiligten waren und daß es keines Sherlock Holmes bedurfte, um sich darüber im klaren zu sein, welches das Gesprächsthema sein würde, sobald sich Sir Charles und Lady Margaret die Gelegenheit bot, in der Ungestörtheit ihres Schlafzimmers zu reden.

Und nachdem ich sie an die Gesprächsfetzen erinnerte, die wir während des Dinners vernommen hatten und welche die Neigung sowohl des Colonels als auch des Squires zu einem Kartenspiel vor dem Schlafengehen betrafen, war ich schließlich in der Lage, Vi dazu zu bewegen, dem Spielzimmer ebenso wie dem Schlafzimmer des Baronets und seiner Gattin einen Besuch abzustatten.

Unsere Politik des »offenen Ohres«, die wir bereits bei der privaten Unterhaltung der St. Clairs im Arbeitszimmer verfolgt hatten, war durchaus appetitanregend gewesen. Da ich mir über die Unwahrscheinlichkeit im klaren war, erneut soviel Glück zu haben, faßte ich den Entschluß, daß eine etwas verborgenere Vorgehensweise unter Nutzung der astralen Fähigkeit meiner Kameradin die bessere Lösung war.

Ich konnte nicht umhin zu denken, wie sehr meine berühmten Mieter solch geistreiche Hilfe bei vielen Fällen, mit deren Aufklärung sie beauftragt gewesen waren, wohl begrüßt hätten – ungeachtet der Abneigung von Mr. H. gegenüber Angelegenheiten, die mit der Welt des Übernatürlichen in Verbindung standen.

Was mich betrifft, die ich lediglich eine gewöhnlich Sterbliche und nicht in der Lage war, meine spiritistische Mitarbeiterin auf ihren erdentrückten Streifzügen zu begleiten, so befragte ich sie nach ihrer späteren Rückkehr überaus eingehend. Und mit Hilfe der Fülle von Notizen, die ich damals machte, bin ich nun in der Lage, die folgenden Ereignisse, so wie meine alte und getreue Freundin sie erlebt hat, schriftlich festzuhalten.

Sie lag ziemlich regungslos auf dem Bett, die Handflächen nach unten gerichtet und die Arme zu beiden Seiten ausgestreckt. Bei geschlossenen Augen atmete sie zunächst regelmäßig ein und aus, bis sich – wie sie später beschrieb – ein Gefühl der Taubheit, angefangen bei den Füßen, über ihren ganzen Körper ausbreitete. Sie erfuhr nun, wie es ist, wenn man durch geschlossene Augenlider schaut: Das Zimmer wurde von blassen, aber goldenen Strahlen erleuchtet. Während das Licht langsam verschwand, wurde Violet Warner mit einem Gefühl zurückgelassen, als wohne sie in zwei Körpern: einem physischen und einem fluidalen.

Zu diesem Zeitpunkt löste sich ihr geistiges Selbst so mühelos aus den Zwängen seiner irdischen Hülle, wie man sich von einem Stuhl erheben würde. Mit einem letzten verabschiedenden Blick auf ihr physisches Selbst, das friedvoll auf dem Bett ruhte, schwebte das erdentrückte Selbst durch den Raum und in den Flur hinaus.

Das Schlafzimmer der St. Clairs lag nur wenige Schritte von ihrem eigenen entfernt, und sie glitt geräuschlos wie mit Eulenschwingen zu der Tür hinüber, zögerte einen Augenblick, bevor sie sich zwang, durch sie hindurch zu huschen, als hätte diese solide Eichentür nie existiert.

Nachdem sie hineingelangt war, seufzte Violet erleichtert auf, als sie sah, daß die Bewohner des Zimmers noch nicht zu Bett gegangen waren.

»Oh, ich hoffe wirklich, Sie verzeihen mir, daß ich hier einfach so bei Ihnen hereintanze«, sagte sie, da sie sich genötigt sah, eine Entschuldigung für das auszusprechen, was sie für ein ungehöriges astrales Eindringen ihrerseits hielt. »Und obwohl ich weiß, daß Sie mich nicht sehen oder hören können«, fuhr sie fort, »fühl' ich mich, nachdem ich das gesagt habe, schon viel besser.«

Die Herrin von Haddley war mit einem lavendelfarbenen Spitzennachthemd bekleidet und saß mit dem Rücken zu ihrem Gatten vor ihrer Frisierkommode. Ihr Haar war aus den hochgekämmten Zwängen des Tages befreit und hing nun in reichhaltiger Fülle über ihre Schultern. Während sie in den Spiegel starrte, kämmte sie es unablässig mit entschiedenen und präzisen Bürstenstrichen.

Der Baronet saß ohne Jackett und Krawatte mit ausgestreckten Beinen nachlässig auf einem Stuhl, während er mit einer andauernden Bewegung der Hand den restlichen Inhalt seines Whiskyglases kreisen ließ. In Abständen warf er seiner Frau mißbilligende Blicke zu.

»Margaret!« rief er schließlich. »Wie lange noch gedenkst du, so auf dein Haar einzudreschen?«

»Bis ich fertig bin!« fuhr sie ihn an. »Siebenundneunzig, achtundneunzig, neunundneunzig, einhundert.«

Die Bürste wurde auf die furnierte Holzoberfläche niedergeknallt, als sich Lady Margaret nach links neigte, damit das reflektierte Bild ihres Mannes im Spiegel für sie sichtbar wurde. »Wenn du *deinen* persönlichen Gewohnheiten ebensoviel Aufmerksamkeit schenktest, Charles, würde dir das auch nicht schaden«, fuhr sie ihn an, während sich dünne, gepflegte Hände daran machten, sowohl Kinn als auch Dekolleté zu massieren.

»Ja, ja, zum Glück, meine Liebe«, erwiderte ihr Gatte, während er sein Glas hinstellte und seine ausgestreckten Beine einzog, »verpflichtet mich die Position des Vorsitzenden eines Finanzinstituts mit Büros im halben Britischen Empire nicht dazu, den Großteil der Nacht mit Vorbereitungen für das Schlafengehen zu verbringen.«

»Das hält dich ganz schön auf Trab, nicht wahr? Du verbringst mehr Zeit in London als hier auf Haddley!«

»Kann ich ihm nicht übelnehmen«, sagte Vi, an keine bestimmte Person gerichtet.

»Stimmt nicht, mein Liebling. Erst vergangene Woche kam ich früher aus London zurück als geplant.«

»Ja! In dem Glauben, ich sei nicht hier!«

»Aber du warst hier, nicht wahr?« Er beugte sich nach vorn, zog sich beide Schuhe aus und stieß sie beiseite. »Mit irgendeiner Geschichte«, fuhr er fort, als er sich erneut zurücklehnte, »über einen Streit mit deiner Mutter, woraufhin du etwas verstimmt abgefahren bist, wenn ich mich recht entsinne.«

Sie drehte sich erregt wieder der Frisierkommode zu, holte ein silbernes Etui aus der untersten Schublade hervor, nahm eine Zigarette heraus und zündete sie an.

Das war zuviel für Vi. »Himmel, was ist das denn? Eine Dame, die raucht? Nun hab' ich ja wohl alles gesehen, wirklich!«

»Es ist wahr, Charles«, antwortete sie, während ein Ring von Rauch in die Luft stieg. »Mutter und ich sind nie gut miteinander ausgekommen, obwohl ich es weiß Gott versuche.«

Jegliche bittere Antwort, die meine alte Freundin hätte

geben können, wurde von der Herrin des Anwesens unterbrochen, die plötzlich fragte: »Und du?«

»Ich?« lautete die verdutzte Antwort ihres Gatten.

»Mit wem sonst sollte ich hier wohl reden?« fuhr sie ihn an.

»Nun, nicht mit mir, soviel ist sicher«, meinte Vi und hielt ein Kichern zurück, das ohnehin nicht gehört worden wäre.

»Warum bist du früher zurückgekommen, Charles?«

»Das ist kein Geheimnis, mein Schatz«, antwortete der Baronet mit einem lässigen Schulterzucken. »Da mein Geschäft mit Lord Harvey früher als erwartet abgeschlossen war, sah ich keinen Grund, meinen Aufenthalt in London hinauszuzögern.« Er schwieg einen Moment lang und betrachtete die Zigarette, die seine Frau unbekümmert in der Hand hielt. »Ich frage mich«, sagte er und biß sich in kontrolliertem Ärger auf die Unterlippe, »ob du vielleicht so nett wärest, das Ding auszumachen? Ich kann mir gut vorstellen, was Mutter gesagt hätte, wenn sie sähe, wie du vor dich hin paffst wie ein Varietéflittchen.«

»Gut so, Sir Charles!« schrie Violet und klatschte geräuschlos in die Hände. »Gib's ihr!«

Recht unerwartet kam Lady Margaret seiner Bitte nach, indem sie die anstößige Zigarette ausdrückte und sich langsam von ihrem Stuhl erhob.

»Nun, wir müssen uns wirklich keine Gedanken mehr darüber machen, was sie sagen oder was sie nicht sagen würde, nicht wahr?« Es war eine rhetorische Frage, die von einer weiteren gefolgt wurde, die allerdings nach einer Antwort verlangte. »Charles, es gibt da etwas, das ich wissen muß. Sei ehrlich zu mir. Du hattest doch nicht in irgendeiner Weise mit ihrem Tod zu tun, oder?«

»Aha!« rief Vi. »Jetzt geht's zur Sache!«

»Mit ihrem Tod zu tun! Guter Gott, Margaret! Wovon zum Teufel redest du?«

»Oh, Charles, wirklich! Dir müssen doch die Kratzer an

ihrem Hals aufgefallen sein, als wäre sie in eine Art Kampf verwickelt gewesen.«

»Nun, *mir* sind sie nicht aufgefallen!« rief meine alte Freundin.

»Und dieser ekelhafte Geruch, der über ihrem Bett hing«, fuhr seine Frau fort, »wenn man dann noch daran denkt, was diese Warner da plapperte, von wegen, jemand sei in dem Zimmer gewesen, dann ...«

»Plapperte!«

Nun war es an dem Baronet, sich von seinem Stuhl zu erheben. »Oh, ich verstehe. Das ist es! Du glaubst, ich sei für Mutters Ableben verantwortlich, nicht wahr? Und vielleicht habe ich auch diesem armen Mädchen, das dort im Garten herumlief, den Kopf eingeschlagen? Sei doch nicht so dämlich!«

Lady Margaret setzte zum Sprechen an.

»Nein! Laß mich ausreden!« rief ihr Gatte und griff nach dem Jackett, das auf dem Bett lag. »Vielleicht erinnerst du dich gefälligst mal daran: Ich habe dir erzählt, mein Liebling«, fuhr er fort, während er in den Jackentaschen wühlte, wahrscheinlich auf der Suche nach einer Zigarette, »daß ich unten in der Bibliothek war, als ich den Tumult in Mutters Schlafzimmer hörte.«

Da er noch immer keine Zigarette gefunden hatte, warf er das Jackett zurück auf das Bett, ging hinüber zu der Frisierkommode, holte eine aus dem silbernen Etui und zündete sie an.

»Ich gebe ja zu«, fuhr er fort, während zwei dünne Ströme von Rauch aus seinen Nasenlöchern entwichen, »daß ich das Gefühl hatte, ihr Tod sei nicht so friedvoll gewesen, wie es behauptet wurde.«

Lady Margaret setzte sich auf das Bett und ließ ihren Gatten keinen Moment aus den Augen. »Und doch hast du nichts gesagt. Warum?«

»So ungern ich es sage, altes Haus, ich hielt dich irgendwie für verantwortlich.«

»Genau das hab' ich auch zu Em gesagt!« verkündete meine Freundin triumphierend, obwohl sie zu diesem Zeitpunkt angesichts ihrer vergeblichen Versuche, zu der Konversation etwas beizutragen, bereits etwas frustriert war.

»Mich?« Ein erstaunter Aufschrei von Lady M. »Warum sollte ich ...?«

»Niemand spielt gern die zweite Geige«, unterbrach sie ihr Mann. »Ohne Mutter konntest du endlich deine rechtmäßige Stellung als Lady auf dem Gut einnehmen.« Mit einem wissenden Lächeln fügte er hinzu: »Sich nie mehr jedem ihrer Befehle beugen zu müssen, oder sich sogar für eine Zigarette davonstehlen zu müssen, nicht, Margaret? Die Sache ist«, fuhr er fort, »ich hatte den Verdacht, daß es meine ›zukünftige Lady‹ einfach satt hatte, auf die Zukunft zu warten. Wie mußt du es gehaßt haben, daß sie so über dich herrschen konnte.«

Seine Frau sprang auf, ihre Augen blitzten. »Ich gebe zu, daß Ihre Ladyschaft und ich uns nie sehr nahe standen! Aber wozu hätte ich ...«

Das Wort Mord blieb unausgesprochen.

»Wenn ich ihre Anwesenheit doch diese ganze Zeit ausgehalten habe«, fing sie wieder an, »was hätten da noch einige Monate, höchstens ein Jahr, ausgemacht? Sie war doch ohnehin eine alte Frau.«

»Und du eine ungeduldige!«

»Du glaubst also wirklich, daß ich diejenige war, die ...«

»Warum nicht?« antwortete er schnell. »Du hältst mich für schuldig. Obwohl ich nicht den geringsten Schimmer habe, aus welchem Grunde.«

Die astralen Augen flitzten weiterhin zwischen Ehemann und Ehefrau hin und her.

»Keinen Schimmer, sagst du! Oh, Charles«, erwiderte sie mit einem falschen Lachen, »halt mich nicht zum Narren. Ich bin mir sehr wohl darüber im klaren, daß unsere finanzielle Situation nicht so ist, wie sie sein sollte. Und da dir doch nach ihrem Tod nun zumindest das halbe Erbe zukommt ... also, was soll ich da schon denken?«

Sir Charles warf seinen Kopf zurück und lachte gutgelaunt.

Die beiden Frauen beäugten ihn neugierig.

»Es tut mir leid, Liebling«, sagte er schließlich, nachdem sich sein Lachen gelegt hatte. »Aber siehst du nicht die Ironie in dem Ganzen? Du hältst mich des Muttermordes für schuldig und hast nichts gesagt, um mich zu schützen. Ich wiederum dachte, du warst es, und habe das gleiche getan.«

»Oh, *ich* verstehe«, sagte Violet auf ihre typische sarkastische Art, »es geschah aus Liebe füreinander, nicht wahr? Daß ich nicht lache. Auf den eigenen Vorteil bedacht, aus diesem Grund habt ihr doch wohl eher den anderen geschützt.«

»Dann haben wir uns scheinbar ja wirklich gern, Charlie.« Während sie sprach, spielte ein leichtes Lächeln liebevoll um ihre Lippen.

»Natürlich tun wir das, Maggie, mein Liebling.«

»Oh, kommt schon! Sind wir jetzt etwa bei ›Charlie‹ und ›Maggie‹ angelangt? Nun, wenn das so aussieht, dann gehe ich wohl besser!« Und mit einem letzten Blick auf die beiden fügte sie hinzu: »Und überhaupt, ich weiß nicht, ob ich auch nur ein verdammtes Wort von dem, was ich heute abend hier von euch beiden gehört habe, glauben soll!«

Sie trieb sich vorwärts, als sitze sie auf einem Luftkissen, und schwebte direkt auf die Tür zu, nachdem sie einen kleinen Schwenker gemacht hatte, um geradewegs durch den Körper von Lady Margaret zu huschen. In genau dem Augenblick wurde die Frau des Baronets von einem unheimlichen Kältegefühl übermannt, während ihr ganzer Körper einem unfreiwilligen Schauder nachgab.

Violet Warner lächelte zufrieden und machte sich auf den Weg in das Spielzimmer.

Als sie den Colonel über den Kartentisch gebeugt sah,

mit einem Ausdruck äußerster Verzweiflung in diesem fleischigen Gesicht, war es ihr klar, daß Fortuna ihn zugunsten des jüngeren St. Clair übergangen hatte.

»Noch ein Spiel verloren!« donnerte der alte Mann durch den dichten Schnurrbart, während er seine Karten auf den Tisch knallte und dabei beinahe die vor ihnen stehenden Gläser umwarf.

Die Haltung des Squires all dem gegenüber bestand aus einer milden Belustigung, zu der sich ein sorgloses Schulterzucken gesellte.

»Niemand verpflichtet Sie zum Spielen, alter Junge.«

»Ich brauche mir von Ihnen nicht sagen zu lassen, worin meine Pflichten bestehen!« lautete die bellende Antwort auf wahrhaft militärische Weise. »Wenn Sie in der Kriegsmacht Ihrer Majestät gedient hätten, wüßten Sie, daß Pflicht und Schuldigkeit die wichtigsten Voraussetzungen für einen Offizier und Gentleman sind. Bei Gott, das wüßten Sie, Sir!«

»Und wie sieht's mit der Ehre aus, Colonel?« fragte der Squire, während er sich daran machte, die Karten einzusammeln. »Verpflichtet die Ehre einen Offizier und Gentleman nicht dazu, für jegliche Verluste aufzukommen, die er, sagen wir mal, zum Beispiel beim Kartenspiel macht?«

»Sie bekommen Ihr Geld! Sie bekommen jeden einzelnen Penny, das versichere ich Ihnen!« donnerte der alte Soldat, während seine Hammelfinger in einer Innentasche seiner Jacke herumwühlten, bis sie schließlich eine Zigarre an den Tag beförderten.

»Du wirst doch jetzt wohl nicht *so eine* anzünden, oder?« jammerte Violet. »Da riech' ich doch noch lieber Gummistiefel, wirklich«, fügte sie hinzu, während sie vergeblich versuchte, den störenden Duft mit einer Hand fortzuwedeln, die noch dunstiger war als die Ursache ihrer Verärgerung selbst.

»Ja, ja, ich bin sicher, ich bekomme mein Geld, lieber

Colonel. Aber da gute drei Wochen vergangen sind, seit ich das letzte Mal die Farbe Ihres Geldes gesehen habe, bleibt die Frage nach dem Wann. Und obwohl ich zugeben muß«, fuhr er in einer zwanglos lässigen Art fort, »an einem einzigen Abend an den Tischen in London mehr verloren zu haben als die hundert Pfund, die Sie mir schulden, so ist doch solch ein Betrag für einen Mann in Ihrer Position ... nun, Sie verstehen, was ich meine.«

Die Antwort des sichtbar erschütterten Colonels wurde dennoch in gemäßigtem Tonfall erteilt. »Ich habe Ihnen gesagt, Squire, daß Sie Ihr Geld bekommen werden. Noch vor Ende dieses Monats, wenn Sie unbedingt einen Zeitpunkt festlegen möchten.«

»Vor Ende dieses Monats ... ah, ich verstehe.« Ein wohlwissendes Lächeln lag auf den Lippen seines Gegners. »Ich nehme an, Sie denken an die Verlesung des Testaments Ihrer Ladyschaft. Falls ja, dann würde ich nicht allzusehr darauf bauen, alter Junge.«

Rote Flecken erschienen auf zwei fleischigen Wangen. »Das genügt, Sir! Dieser Abend ist zu Ende!«

Der alte Soldat, der die Worte hervorstieß, als hielte er einem Offiziersburschen eine Standpauke, rückte vom Tisch ab. Aber als er versuchte, sich zu erheben, merkte er zu seinem Verdruß, daß sein stattlicher Körper nicht in der Lage war, sich so ohne weiteres aus dem Sessel zu befreien.

Der Squire versuchte, den peinlichen Moment zu überspielen, indem er ihn bat, zu bleiben und noch einen Drink zu sich zu nehmen.

Der Colonel beäugte die gereichte Karaffe wie ein Kind, das ein Glas mit Süßigkeiten anschaut, zögerte aber nur einen kurzen Moment, bevor er die riesige Masse wieder fest in den Sessel setzte.

»So ist's richtig«, atmete Vi erleichtert auf. »Wir wollen doch nicht, daß du schon gehst. Ich hab' von euch beiden bei weitem noch nicht genug gehört.«

»Ich möchte Ihnen nur sagen, daß Sie möglicherweise am Ende des Testaments keinen Geldtopf vorfinden werden, und zwar aufgrund – wie es innerhalb der Familie bezeichnet wird – des ›Vorfalls‹«.

»Vorfall? Welcher Vorfall? Keine Ahnung, wovon Sie reden, alter Junge.«

»Ah, die Unschuld in Person!« lautete die spöttische Antwort des Squires. Mit wütender Verurteilung fügte er dann hinzu: »Guter Gott, Mann! Sie haben eine Kugel durch den Kopf meines Vaters gejagt und haben den Nerv, hier zu sitzen und mich zu fragen, von welchem Vorfall ich rede?« Er schüttelte ungläubig den Kopf. »Sie versetzen mich in Erstaunen, mein lieber Colonel. Wirklich.«

»Was erzählst du nun schon wieder?« rief Violet aus. »Dieser alte Colonel Windbeutel hier hat tatsächlich Seine Lordschaft erschossen?« Beide Arme flogen mit einem Ausdruck der Sinnlosigkeit in die Höhe. »Ich versteh' überhaupt nichts mehr.« Sie seufzte. »Scheint, als habe in diesem verflixten Haushalt jeder mehr Leichen im Keller versteckt, als auf einem verfluchten Friedhof zu finden sind!«

»Wenn Sie sich auf diesen unglückseligen Jagdunfall vor einigen Jahren beziehen«, erwiderte der alte Mann kühl, »so war es genau das, ein Jagdunfall.«

»War es das wirklich? Ach ja, Sie haben meinen Vater für einen Hirsch gehalten, sagten Sie damals, wenn ich mich recht erinnere«, lautete die sarkastische Antwort.

»Dann erinnern Sie sich vielleicht auch daran«, fuhr ihn der Colonel hinter einer Wolke blauer Rauchschwaden scharf an, »daß ich es war, der das Leben Seiner Lordschaft während des Punjab-Feldzuges rettete! Und dafür ...«

»Und dafür«, betete der jüngere Mann nach, »gab mein Vater Ihnen freie Kost und Logis auf Haddley, und zwar bis an das Ende Ihrer Tage. Ja, ja, ich habe all das schon oft gehört. Aber das war nicht genug, nicht wahr? Im Laufe der Jahre muß es Ihnen in den Sinn gekommen sein, daß

– wenn Seine Lordschaft aus dem Weg geräumt wäre – eine Heirat zwischen Ihnen und Ihrer Ladyschaft nicht mehr unmöglich sei. Ergo: der ›Jagdunfall‹. Hab' ich recht oder nicht, Colonel?«

»Bei Gott, Sir, Sie haben ja eine ganz schöne Phantasie! Sie haben Ihren Beruf verfehlt, wirklich, Sir. Sie sollten für diese Revolverblätter schreiben, das wär' was für Sie!«

»Aber Ihre Ladyschaft hat Sie abgewiesen, nicht wahr, alter Junge?« drängte der Squire und ignorierte die spitzen Bemerkungen des Colonels.

Der ältere Offizier betrachtete ihn kühl. »Sie hat mit Ihnen darüber gesprochen?«

»Nicht ausführlich. Aber ich wußte es. Wir alle wußten es. Sehen Sie, während Sie die Rolle des liebeskranken Schwans gespielt haben, haben Sie nicht gemerkt, daß meine Mutter im Grunde ihres Herzens nie geglaubt hat, daß der tödliche Schuß ein Unfall gewesen war. Dennoch kam sie dem Wunsch Seiner Lordschaft, daß Sie hierbleiben durften, nach, während Sie die Situation ausgenutzt haben und unablässig um ihre Zuneigung warben. Stimmt doch, oder?«

Ein Augenblick des Schweigens folgte. »Es stimmt«, meinte der Colonel letztendlich, »daß ich Ihre Mutter immer für eine sehr schöne Frau hielt und, jawohl, es mögen sich im Laufe der Jahre vielleicht ein oder zwei Gelegenheiten ergeben haben, bei denen ich ...«

»Im Laufe der Jahre! Mein lieber Kerl, Sie sollten so gut wissen wie ich, daß auf Haddley nichts heilig oder geheim ist. Ihr letztes Angebot einer ehelichen Glückseligkeit fand vor nicht einmal einer Woche statt. Das Gerücht besagt, daß Mutter Sie nicht nur abwies, sondern auch vorschlug, daß es wohl nun das beste wäre, wenn Sie sich woanders nach einem Quartier umschauten.«

»Gerücht!« schnaubte der alte Soldat. »Mehr als das ist es wirklich nicht: ein Gerücht! Und Sie schulden mir eine Entschuldigung. Und das, Sir, ist ein Befehl!«

»Sie sind hier nicht beim Militär, Wyndgate! Und ich bin nicht einer Ihrer Untergebenen!«

Vi zufolge wurden diese Beschimpfungen über den Tisch geschleudert, während der Squire wütend aufstand.

»Ich wünschte bei Gott, Sie wären es, Sir«, dröhnte der Colonel. »Die Armee hat ihre Methode, mit Unverschämtheiten dieser Art umzugehen!«

»Kommt schon, regt euch ab, ihr beiden!« forderte eine unsichtbare dritte Partei.

Wie auf ein Stichwort folgte ein verlegenes Schweigen beider Herren, woraufhin der Squire schließlich wieder Platz nahm.

Ich erinnere mich daran, daß Violet mir erzählte, wie zufrieden sie mit sich war und daß sie ihren Anteil an der Beruhigung der Situation ätherischer Suggestionskraft zuschrieb.

»Sie soll mich also gebeten haben zu gehen? Haben Sie irgendeinen Beweis für das, was Sie sagen?« knurrte der alte Mann. »Nein«, fügte er hinzu, ohne auf eine Antwort zu warten. »Dachte ich mir's doch. Beim großartigen Lord Harry, vielleicht halten Sie mich auch noch für schuldig, das alte Mädchen umgebracht zu haben!«

»Ich hielt das für offensichtlich«, bemerkte der Squire.

»Aha! Also war es der alte Junge, ich wußte es!« schrie meine alte Freundin, wobei sie bequemerweise vergaß, daß sich ihr Verdacht ursprünglich gegen Lady Margaret richtete.

»Seien wir ehrlich, Colonel, wenn Ihre Ladyschaft heute noch leben würde, liefen Sie jetzt auf der Straße herum und klopften an die Tür des Veteranenheimes – oder wohin auch immer alte Soldaten gehen. Kommen Sie schon, Mann«, höhnte er, »beichten Sie. Das soll gut für die Seele sein.«

Dicke Wurstfinger drückten den Zigarrenstummel wütend im Aschenbecher aus, während der massive Kopf nach vorne stieß, um seinem Ankläger Auge in Auge zu entgegnen: »Sie, St. Clair«, donnerte er, »sind ein verdammter Narr!«

»Andererseits«, dachte Violet, die von seinem plötzlichen Ausbruch vollkommen eingeschüchtert war, »vielleicht war er es doch nicht.«

»Auch nur anzudeuten«, schimpfte der alte Mann, »daß ich irgend etwas mit dem Tod Ihrer Ladyschaft zu tun gehabt hätte, ist absurd. Chloroform, also wirklich! Schild und Säbel sind die Werkzeuge meines Berufes, Sir.«

»Von Chloroform habe ich nichts gesagt, Colonel.«

»Was? Was?« Um Worte ringend gewann der alte Herr schnell wieder Boden unter den Füßen, indem er behauptete: »Ich gehe davon aus, daß der Geruch für jeden Anwesenden in dem Schlafzimmer Ihrer Ladyschaft deutlich wahrzunehmen war, da diese Chemikalie mir aufgrund der gelegentlichen Aufenthalte in Armeekrankenhäusern nicht unbekannt ist. Sie, Sir, da bin ich mir sicher, sind mit der Chemikalie ebenso gut vertraut wie ich.«

»Ach, kommen Sie, alter Junge«, lachte der jüngere Mann, »warum zum Teufel sollte ich ...«

»Geld, Sir! Geld ist öfter Grund für Morde, als es Herzensangelegenheiten jemals waren.«

»Und was soll das heißen?«

Zum ersten Mal, seit sie das Zimmer betreten hatte, sah Violet die leichte Andeutung eines Lächelns, das sich unter dem wallenden Schnauzbart verbarg.

»Das erkläre ich Ihnen nur zu gerne, mein verehrter Sir.«

Der alte Colonel der Armee befand sich nun in der Offensive.

Nachdem er die ungeteilte Aufmerksamkeit des Squires und Violets gewonnen hatte, kostete er den Augenblick weiterhin aus, indem er sich ganz langsam noch eine Zigarre anzündete, sehr zum Ärger meiner Kameradin.

»Sie erwähnten zuvor«, stieß er zwischen kleinen Rauchwolken hervor, »daß Sie gelegentlich an einem einzigen Abend mehr verloren haben als *meine* angehäuften Schulden zusammengerechnet, nicht wahr?«

Ein kurzes Nicken des Squires wurde von einem amüsierten, wenn auch etwas vorsichtigen Lächeln begleitet.

»Und ich glaube Ihnen, Sir. Das tue ich wirklich«, fuhr der alte Colonel fort, nachdem er die wortlose Bestätigung erhalten hatte. »Genaugenommen«, fügte er hinzu, während er seine Masse nach vorne beugte und einen anschuldigenden Blick auf den Mann gegenüber heftete, »gehen Ihre Verluste insgesamt gut in die Tausende, stimmt's oder stimmt's nicht, mein lieber Squire?«

St. Clair rückte unruhig in seinem Sessel hin und her, während ein gezwungenes Lachen seiner ausweichenden Antwort folgte. »Tausende! Ach, kommen Sie, Colonel. Ich glaube, Sie sind derjenige, der sich dem Schreiben von Phantasiegeschichten widmen sollte.«

Der alte Soldat überging die Bemerkung, rollte seine Zigarre lässig zwischen Daumen und Zeigefinger und schien von dem träge nach oben schwebenden Rauch fasziniert, bis er schließlich antwortete: »Es ist leicht genug, einem alten Mann das Geld abzunehmen, aber mit den jungen Kerlen in London sieht das anders aus, nicht wahr, mein Herr?«

»Ich fürchte, Wyndgate, alter Kumpel, ich habe nicht die geringste Ahnung, wovon Sie eigentlich reden.«

»George Bascombe. Nigel Royce-Smythe.«

Die lässig eingeworfenen Namen erreichten die Wirkung, deren der alte Mann sich sicher war.

Vi berichtete, daß sie beobachtet hatte, wie St. Clairs Finger den Griff um das Glas festigten, in dem Bemühen, das Zittern der Hand zu verbergen. »Woher wissen Sie von diesen Männern?« fragte er mit einer Stimme, die nur noch ein Flüstern war.

»Ich bin nicht der Narr, für den Sie mich halten, Squire. Ich bin mir sehr wohl darüber im klaren, daß die beiden

Gentlemen zwei der exklusivsten und geheimsten Spielzimmer im West End von London besitzen und daß beide Ihnen so lange den Eintritt verweigern, bis Sie Ihre Schulden beglichen haben. Was zweifellos«, fuhr er fort, »Ihre unerwartete Rückkehr erklärt. Nachdem Sie an Ihren Lieblingsplätzen hinausgeworfen worden waren, hatten Sie keine andere Alternative, als nach Haddley zurückzukehren, oder?«

Nachdem er diese Wortkanone von Informationen über den Tisch hinweg abgeschossen hatte, gab sich der alte Mann einem selbstzufriedenen Lächeln hin, lehnte sich zurück und legte seine massigen Hände auf den beträchtlichen Wanst, um die Auswirkungen seines Einschlages abzuwarten.

»Was zum Teufel soll das Ganze?« entgegnete der Squire wütend. »Wer hat Ihnen die Erlaubnis erteilt, in meinem Privatleben herumzuschnüffeln?«

Die Worte wurden so plötzlich und mit solch einer Gewalt hervorgestoßen, daß Vi nach eigener Aussage »sich vor Angst fast verflüchtigte, wirklich!«

»Eigentlich war es Ihre Ladyschaft«, antwortete der Colonel ruhig.

»Mutter? Das soll heißen, Ihre Ladyschaft ließ Sie... Ich glaube das nicht, kein einziges Wort!«

»Auf alle Fälle entspricht es der Wahrheit, junger Herr. Es scheint, ihr Verdacht wurde geweckt, als sie entdeckte, daß ein Paar goldener Kerzenständer aus dem Salon fehlte. Dann, wenn ich mich recht entsinne, ein Satz von goldenen Serviertellern aus dem 17. Jahrhundert, und so weiter und so weiter.«

Vi war entgeistert. »Plünderst das Haus leer, wie? Also Squire, ich bin enttäuscht«, meinte sie mißbilligend, während sie luftig hinüberschwebte, um einen unbesetzten Sessel am Tisch einzunehmen. »Das hätte ich ja nie von dir gedacht, niemals.«

Zigarrenasche wurde von dem alten Soldaten lässig in

den Aschenbecher geschnippt, während er – ungerührt von der Erregung des jüngeren Mannes – fortfuhr. »Da Ihre Ladyschaft von Ihrer Neigung zu den Karten wußte, plus der Tatsache, daß sie Ihnen vor nicht einmal drei Monaten gesagt hatte, daß Sie mit keinem Geld zur Begleichung Ihrer ständigen Schulden mehr zu rechnen hatten, brauchte das alte Mädchen nicht lange, um eins und eins zusammenzuzählen. Daher hielt sie es für angebracht, mich zu dem Zeitpunkt in ihr Vertrauen zu ziehen. Ich wurde gebeten, gewisse Nachforschungen anzustellen, was ich auch tat, indem ich mit einem alten Bekannten in London konferierte. Er engagierte seinerseits einen Privatdetektiv, dessen detaillierter Bericht über Ihre Aktivitäten mir und somit Ihrer Ladyschaft zukam. Soll ich fortfahren?«

»Bitte, nicht so schnell, mein Lieber«, rief Vi. »Ich muß mir das doch alles für Em merken.«

Von dem Squire, der schweigend grübelte, kam keine unmittelbare Antwort.

»Ich sage Ihnen, alter Junge«, hielt ihm der Colonel spaßhaft vor, »wenn Sie schon herumschleichen und das Haus stückchenweise verkaufen mußten, dann hätten Sie das nicht so offensichtlich machen dürfen. Soweit ich weiß, befindet sich in dem oberen Geschoß dieses erhabenen Hauses ein wahrer Schatz von Kunstgegenständen.«

Henry St. Clair erhob sich langsam und begann, stillschweigend auf und ab zu gehen, bis er seine Antwort herausspuckte. »Die Hälfte von dem, was hier ist, wird sowieso eines Tages mir gehören – also, selbst wenn es wahr ist, was Sie da erzählen, was ist dabei?«

»Ah«, erwiderte er mit einem erhobenen pummeligen Finger, »aber ›eines Tages‹ ist schon gekommen, nicht wahr? Genau das meine ich, alter Junge. Jetzt, wo Ihre Ladyschaft ihre verdiente ewige Ruhe gefunden hat, nehme ich an, daß sich Ihr Kreditrahmen bis ins Unendliche ausdehnen läßt.«

Der Squire kehrte zu seinem Sessel zurück, drehte ihn

um und setzte sich seitwärts zum Tisch, wobei er die Beine auf einem kleinen ledernen Polsterhocker ausstreckte. »Sie behaupten also, daß ich meine Mutter wegen des Erbes ermordet habe, um meine Spielschulden abzubezahlen und meinen bösen, bösen Gewohnheiten weiterhin nachzugehen, ist es das? Dann erzählen Sie mir doch, Colonel, warum haben Sie dies nicht gegenüber der Polizei erwähnt? Oder die Tatsache, daß Sie Chloroform gerochen haben? Sie hatten heute morgen ausreichend Gelegenheit dazu.«

Die Fragen riefen ein großes Schnaufen auf der anderen Seite des Tisches hervor.

»*Ich* werde es *Ihnen* erzählen!« Der Squire wirbelte herum, um dem alten Soldaten direkt ins Gesicht zu blicken. »Zum einen, weil Sie wissen, daß die Anschuldigung vollkommen falsch ist. Zum anderen ist zumindest von Ihrem Standpunkt aus noch bedeutender, daß Ihnen bewußt wurde, wenn Sie mich beschuldigten, würde das dazu führen, daß Bruder Charles Ihre Stellung als ständiger Gast auf Haddley beendet. Blut ist ja bekannterweise dicker als Wasser. Und, was halten Sie davon?« fügte er spöttisch hinzu.

»Sie hatten ebenso Gelegenheit wie ich, Ihre Ansichten der Polizei mitzuteilen«, verkündete der ältere Mann. »Dennoch schwiegen auch Sie. Warum?«

»Um die Wahrheit zu sagen, alter Junge«, meinte der Schuldner lässig, »Haddley kann keinen Skandal gebrauchen. Was immer wir noch an Ansehen im Dorf genießen, wäre vollkommen zerstört – ganz davon zu schweigen, was geschehen würde, wenn die Londoner Zeitungen Wind bekämen. Ich hielt es einfach für das beste, am Status quo festzuhalten.«

»Was immer auch Ihre Gründe sein mögen, Squire, Sie schätzen meine Rolle in all dem gänzlich falsch ein. Wie vielleicht ich«, ergänzte er nachdenklich, »auch die Ihre.«

»Jedenfalls«, erwiderte der jüngere Mann, »was geschehen ist, ist geschehen.«

»Aber, St. Clair, dieses junge Ding, das sie da heute morgen gefunden haben ... der Fall könnte ein wenig unangenehm für die Familie werden, oder?«

»Das denke ich nicht«, antwortete der Squire, der sich aus dem Sessel erhob und sich dabei auf den Mund klopfte, um ein Gähnen zu unterdrücken. »Soweit ich das Ganze überblicke, war es ein Mädchen aus dem Ort, das von einem der Stalljungen umgebracht wurde. Das habe ich auch dem Inspektor erzählt. Ich bezweifle, daß Twillings die Familie für irgendeine schmutzige Affäre verantwortlich macht, in die Angestellte verwickelt sind.«

Zu diesem Zeitpunkt merkte meine Freundin, daß sie ihren astralen Besuch nicht weiter in die Länge ziehen konnte, denn sie fühlte nun innerhalb ihrer ätherischen Gestalt ein Zerren unsichtbarer Seile, die sie zurückzogen – während sie gleichzeitig winzige schmerzende Stiche auf der Stirn ihres physischen Körpers wahrnahm. Da dies das erste Mal war, daß Violet über einen so langen Zeitraum hinweg durch die Gegend geschwebt war, bekam sie ziemliche Angst. Sie berichtete, daß sie einen starken Windhauch gespürt hatte, der sie durch einen schwarzen und endlosen Tunnel fegte, bevor sie wieder gesund und munter in ihr bequemes Bett gelangt war.

12. Ein Rätsel ist gelöst

Während Vi eifrig mit ihrer ätherischen Lauschaktion beschäftigt war, hatte ich die Gelegenheit ergriffen und das Schlafzimmer der verstorbenen Lady St. Clair untersucht.

Von dem, was ich dank des kleinen Scheins der Lampe, die Hogarth mir großzügigerweise zur Verfügung gestellt hatte, sehen konnte, war dies wirklich ein recht unheilvolles Zimmer.

Ich hatte es für klug gehalten, die Flamme nur ganz klein einzustellen, denn vor meinem Eintreten hatte ich bemerkt, daß ein Spalt von einem Viertelzoll die Tür vom Fußboden trennte, und ich wollte nicht, daß auch nur das geringste Anzeichen eines flackernden Lichtes in den Flur drang. Sollte meine Anwesenheit entdeckt werden, so fürchtete ich, war das mindeste, was zu erwarten war, daß mein Aufenthalt auf Haddley abrupt beendet würde. Das Schlimmste allerdings wäre mein frühzeitiges Ableben durch die Hände – wie die Polizei sagen würde – einer oder mehrerer Unbekannter gewesen. Spätere Ereignisse sollten beweisen, daß ich weder paranoid noch übermäßig theatralisch gedacht hatte.

Ich schwenkte meine Lampe nach rechts und entdeckte vier Pfosten, die – wie ich fand – unheilvoll Wache standen, und zwar an jeder Ecke eines mit Samt drapierten elisabethanischen Bettes, dessen Anblick mir ein unbehagliches Gefühl verschaffte, da ich mich an die Erzählung meiner Kameradin erinnerte, derzufolge die alte Frau in genau diesem Bett um ihr Leben gekämpft hatte.

Als ich mich zu der gegenüberliegenden Wand umdrehte, offenbarte sich mir ein pompöses, lebensgroßes Familienportrait, welches ich für dasjenige der St. Clairs hielt und das vor recht vielen Jahren angefertigt worden sein mußte, wenn man von dem Aussehen zweier kleiner Jungen ausging, die versonnen in die Augen ihrer Eltern hinaufstarrten. Ich registrierte die Plazierung des Gemäldes und kam zu dem Schluß, daß es an dem speziellen Punkt aufgehängt worden sein mußte, damit Ihre Ladyschaft dort liegen und jahrelang quer durch das Zimmer auf – ja, ich nehme es an – auf eine Familie schauen konnte, die nur noch innerhalb dieses vergoldeten Rahmens existierte.

Ich persönlich, so fürchte ich, war von dem Gemälde nicht allzu beeindruckt, da die Personen für meinen Geschmack zu steif und formal geraten waren, ebenso wie mich die wachsähnliche Farbqualität der Haut vollkommen unbeeindruckt ließ. Wie auch immer, ermahnte ich mich, ich war nicht in meiner Eigenschaft als Kunstkritikerin hier, sondern als Detektivin.

Wo sollte ich anfangen?

Ich hielt es für sinnvoll, die Rolle des Mörders nachzuspielen. Ich beugte mich über das nun leere Bett und stellte mir vor, mit dieser überaus abscheulichen Tat beschäftigt zu sein. Violet stünde nun draußen und forderte, hereingelassen zu werden. Mein erster Instinkt war, zum Fenster zu eilen. Das tat ich. Ich schob die Vorhänge beiseite und öffnete den Riegel. Aber als ich mich hinauslehnte, entdeckte ich, daß es bis zum Straßenpflaster wirklich sehr tief hinabging und daß die Mauern zu glatt waren, als daß man daran hätte hinunterklettern können.

Eine Geheimtür? Vielleicht. Wenn ja, dann wäre es nicht das erste solcher stattlichen Häuser in England, das unentdeckte Ausgänge eingebaut hatte, um einen eiligen Rückzug vor den Soldaten des Königs oder den Rundköpfen Cromwells zu ermöglichen – je nach politischer Einstellung. Oder sogar für eine schnelle Verabschiedung aus einem Bett aufgrund der unerwarteten nächtlichen Rückkehr entweder des Herrn oder der Herrin – je nach Geschlecht.

Nun aber verbrachte ich gute fünfzehn Minuten damit, mich sorgfältig im Zimmer vorzuarbeiten und leise jeden Abschnitt der vertäfelten Wand abzuklopfen, immer mit der Hoffnung, ein hohles Geräusch zu vernehmen. Aber leider muß ich gestehen, daß meine Bemühungen vergeblich waren. Violet, so sagte ich mir, war vielleicht in der Lage, sich in Luft aufzulösen, aber ich bezweifelte, daß unser Mörder fähig gewesen war, dieses Kunststück zu vollbringen.

Vielleicht könnte eine Falltür die Antwort sein, dachte ich mir, ließ aber schnell von der Idee ab. Ein Teppich mit orientalischem Muster bedeckte fast den ganzen Boden. Es wäre für jedermann unmöglich gewesen, einen Teil davon beiseite zu ziehen, durch die Falltür nach unten zu stürzen und den Teppich in seiner ursprünglichen Position zurückzulassen.

Es schien, als müsse ich mich damit abfinden, das Rätsel nicht gelöst zu haben, es sei denn, ich würde die Version meiner Kameradin in Frage stellen.

Dies jedoch würde ich nie tun.

Nein, es mußte noch irgend etwas geben, das ich übersehen hatte. Aber was?

Während ich darüber nachgrübelte, sah ich im Augenwinkel kurz etwas aufblitzen. Ich drehte mich suchend um und hielt die Lampe vor mich hin. Weg! Nein, da war es wieder. Wenn ich die Lampe genau im richtigen Winkel hielt, verursachte sie einen reflektierenden Schimmer ... ah, dort, zwischen dem Bett und dem Nachttisch! Ich zwängte einen Arm nach unten, holte den fraglichen Gegenstand hervor und hielt ihn näher ans Licht. Niemand kann meine übermäßige Verwunderung beschreiben, als ich sah, was es war: der fehlende Ohrring!

Ich hielt ihn in der Hand, betrachtete ihn sorgfältig und konnte meinen Augen kaum glauben. Der fehlende Ohrring in Form eines Halbmondes, passend zu dem, den das ermordete Mädchen trug, war hier! Ich entdeckte, daß ein defekter Verschluß wahrscheinlich der Grund dafür war, wobei die Besitzerin aller Wahrscheinlichkeit nach den Verlust überhaupt nicht bemerkt hatte. Ich setzte mich auf das große Bett und starrte weiterhin meinen Fund an, während mir tausendundeine Frage durch den Kopf schoß.

Hatte Ihre Ladyschaft gewußt, daß das Mädchen in dem Zimmer im oberen Geschoß logierte? War sie vor oder nach dem Mord an der alten Frau hier gewesen? Oder war das junge Mädchen selbst der Tat schuldig? Nein, argumentierte ich, das konnte zumindest ausgeschlossen werden. Violet zufolge war der Angreifer, mit dem sie bei ihrer heftigen, aber einseitigen und durchsichtigen Begegnung gerungen hatte, nicht von der Größe und Statur des Mädchens gewesen.

Obwohl der Ohrring unwiderlegbar bestätigte, daß eine Verbindung zwischen den beiden ermordeten Frauen existierte, war ich noch nicht in der Lage, die Bedeutung dieser Verbindung zu erfassen. Wenn ich doch nur die Identität des jungen Mädchens kennen würde, das tot zwischen den Herbstblättern aufgefunden wurde ...

»Löse dieses Rätsel, mein Mädchen«, sagte ich matt zu mir, »und dann lösen sich alle anderen zweifelsohne wie von selbst.«

Obwohl ich erfreut war, den Ohrring gefunden zu haben, war ich alles andere als zufrieden mit meinem Versuch, das Rätsel des verschwundenen Mörders zu lösen. Ich steckte den Ohrring in meine Handtasche und tröstete mich mit der Hoffnung, daß Violet vielleicht das Glück gehabt hatte, in laufende Gespräche aufschlußreicherer Natur hineingeschwebt zu sein. Mit gemischten Gefühlen entschied ich also, mich von diesem Ort zurückzuziehen.

Als ich mich der Tür zuwandte, wurde ich von meiner eigenen Angst und Verwirrung aufgehalten, da ich zusehen mußte, wie sich der Türknauf langsam wie von selbst drehte! Ich versuchte, einen klaren Kopf zu behalten, löschte die Lampe und drückte mich an die Wand neben dem Türrahmen. Und da stand ich nun mit klopfendem Herzen, während die Tür langsam geöffnet wurde.

Von meinem Standort aus hatte ich den Vorteil, nicht gesehen zu werden, aber auch den Nachteil, die Identität des Eindringlings nicht ausmachen zu können. Er betrat das Zimmer nicht unmittelbar, sondern blieb genau in der offenen Tür stehen. Ich sage ›er‹, denn ich erinnerte mich jetzt daran, nur wenige Augenblicke zuvor schwere Schritte im Flur gehört zu haben. Da ich glaubte, es wäre ein Diener, hatte ich mir bis jetzt keine Gedanken darüber gemacht.

Was sollte ich tun?

Da ich mit Sicherheit nicht die Absicht hatte, dem Mann gegenüberzutreten, wartete ich, bis ich mir letztendlich einen dankbaren Seufzer der Erleichterung leisten konnte, da er leise wieder davonging und die Tür hinter sich schloß.

Es sollte jedoch eine Atempause von nur kurzer Dauer sein.

Als hätte er sich eines Besseren besonnen, kam er nämlich wieder herein, wobei er dieses Mal die Tür halb offen ließ, so daß das wenige Licht vom Flur draußen in geringem Maße die Dunkelheit in dem Zimmer beseitigte. Und obwohl die feine Gesellschaft das Transpirieren als nicht damenhaft verurteilt, muß ich gestehen, daß ich buchstäblich in Schweiß badete, während mein durch die Angst um ein Vielfaches verfeinertes Gehör das Geräusch schweren Atmens vernahm, das sich mir in der Dunkelheit näherte.

Ein kleiner Lufthauch durchschnitt die Stille, als eine Hand hervorschoß und mein Kinn streifte. Die Abwesenheit von Licht hatte offensichtlich zu einer falschen Einschätzung seines Zieles geführt, denn die Hand glitt dann mit fester werdendem Griff um meine Kehle.

Er wollte mich erwürgen!

Ich erinnere mich daran, merkwürdige gurgelnde Geräusche von mir gegeben zu haben und benommen zu werden, während immer mehr Druck auf meine Luftröhre ausgeübt wurde.

Tu was, Emma! schrie ich innerlich.

Wenn ich schon sterben sollte, dann nicht ohne gekämpft zu haben. Ich hob meinen Fuß so hoch wie möglich und trat mit all der Kraft, die ich aufbringen konnte, auf seine Schuhspitze. Ein Stöhnen ertönte, während seine Finger den Griff lockerten, wenn auch nur für eine Sekunde. Ich nutzte die Sekunde, um hastig nach Luft zu schnappen. Weil ich nicht die Kraft hatte, seine Hände von meiner Kehle zu zerren, machte ich einen letzten verzweifelten Versuch, das Gesicht meines Angreifers zu zerkratzen. Aber da er mich auf Armeslänge hielt, wirbelten meine Hände lediglich in der Dunkelheit herum, und die Nägel häuteten nichts als Luft. Fast ohnmächtig sackte ich dann zu Boden.

Daraufhin geschah etwas überaus Merkwürdiges.

Während ich dort lag, sah ich mich selbst als kleines Mädchen hinter dem Hause meiner Eltern im Garten unter dem Apfelbaum sitzen. Ich schaute auf und beobachtete, wie meine Mutter auf die hintere Veranda herauskam. Sie stand da, trocknete sich die Hände an ihrer Schürze ab und rief fragend zu mir herüber, ob ich von den Äpfeln gegessen hatte.

»Nein, Mama«, log ich. »Warum?«

Ihre Antwort lautete, daß sie viel zu grün seien, und in übertriebener Betonung ihrer Sorge fügte sie hinzu, daß ich sehr krank werden und sterben würde, wenn ich davon äße. Mit dem zufriedenen Gefühl, daß sie mir die größtmögliche Angst vor einem übermäßigen Genuß von Äpfeln eingeimpft hatte, drehte sie sich um und ging wieder ins Haus. Als die Gittertür zuknallte, stöhnte ich auf.

»Oh«, wehklagte ich, »ich werde sterben! Ich werde sterben!«

Dies war ein Satz, den ich nun immer wieder wiederholte, während ich ausgestreckt auf dem Boden lag, das

Bewußtsein abwechselnd verlor und wiedergewann und kaum den leichten Druck von einem Zeigefinger und Daumen auf meinem Handgelenk spürte. Mein Angreifer, dessen schwerem Atem ich mit einem merkwürdigen Gefühl des Losgelöstseins lauschte, beugte sich über mich und versuchte, so erschien es mir zu dem Zeitpunkt, meinen Puls zu fühlen. Wohl um zu sehen, ob ich endlich ins Jenseits gesegelt sei.

Tatsächlich dachte ich, es wäre so.

Durch zuckende Augenlider sah ich nun ein blaues phosphoriges Licht in der Form einer menschlichen Gestalt, die keinen halben Meter von mir entfernt stand! Ich starrte sie weiterhin an, eher fasziniert als ängstlich, während ihr überirdischer Schein weiterhin alle paar Sekunden mit unterschiedlichem Intensitätsgrad pulsierend aufleuchtete. Mein erster Eindruck war, daß dieses Licht der Geist meiner Mutter war, die gekommen war, um mich auf jene andere Seite zu bringen – ein Gedanke, den ich rasch verwarf, als mein Angreifer plötzlich einen Laut des Erschreckens ausstieß.

Er hatte es auch gesehen!

Das letzte, an das ich mich erinnere, war, daß sich mein Möchtegernmörder schnell davonmachte. Danach nur noch vollkommene Leere.

Wer oder was auch immer es war, die Erscheinung hatte mein Leben gerettet.

»Du fühlst dich also jetzt besser, Liebes?«

Ich schüttelte den Kopf und versuchte mit verschwommenem Blick und geringem Erfolg, die über mir stehende Gestalt scharf zu erkennen.

Erst als ich einen halbherzigen Versuch unternahm, mich aufzurichten, merkte ich, daß ich mich in einem Bett befand.

Violets Bett. In ihrem Schlafzimmer. Aber wie?

Wirre Bilder rasten in meinem Hirn umher. Ein Hirn,

das verzweifelt versuchte, die fehlenden Zeitabschnitte in chronologischer Reihenfolge in Erinnerung zu rufen.

»Nun da du dich wieder im Land der Lebenden befindest, habe ich eine schöne heiße Tasse Tee für dich, falls dir danach ist.«

Danach war mir wirklich.

Ich bin der festen Überzeugung, daß Tee, unabhängig von seinem Geschmack, gewisse medizinische Eigenschaften hat, die den Kopf klar machen, Erkältungen heilen und generell als Allheilmittel bei allen kleineren Beschwerden dienen. Ich behaupte ebenfalls, daß wir Briten aufgrund des Tees zu dem geworden sind, was wir heute sind, und ich hege keinen Zweifel daran, daß das Empire, sollte diese königliche Insel ihres Nationalgetränks beraubt werden, innerhalb von zwei Wochen ins Chaos verfallen würde.

Ich trank den Tee und war schon bei der zweiten Tasse angelangt, als die Fragen schließlich aus mir herausströmten. »Wie komme ich hierher? Wer hat mich gefunden? Wie spät ist es?«

»Nun, es ist Viertel nach zehn«, antwortete sie mit einem Lächeln.

»Zehn? Es muß doch schon später sein! Es war weit nach neun Uhr, als ich den Flur entlang zum Schlafzimmer Ihrer Ladyschaft gegangen bin.«

»Em!« rief sie. »Das war vergangene Nacht. Es ist zehn, zehn Uhr morgens.«

»Du meinst, ich habe geschlafen ...?«

»Mhm. Und nach dem, was du durchgemacht hast, hast du wohl auch jede Minute davon verdient.«

Was ich durchgemacht habe? Erst da erinnerte ich mich an die Finger, die sich um meinen Hals klammerten, und an das Gespenst, das mich gerettet hatte.

»Vi«, sagte ich sehr ernsthaft, als ich ihr meine mittlerweile leere Tasse reichte, »ich habe jeden Grund zu der Annahme, daß es auf Haddley spukt.«

»Spukt?« Ihre zitternde Hand versuchte ohne Erfolg, die

Tasse zum Verstummen zu bringen, die gefährlich auf der Untertasse klapperte. »Aber was bringt dich dazu, so etwas zu behaupten?« fragte sie und stellte die Tasse auf den Tisch.

Ich erzählte von meinem nahen Tod und von dem Geist, dessen Erscheinen am Handlungsort der Grund dafür gewesen war, daß ich noch lebte und alles erzählen konnte. Als ich zum Ende kam, erwartete ich, daß ihre Reaktion entweder von Schrecken oder Erstaunen gezeichnet war, niemals aber von Unglaube! Ich hatte ihre astralen Fähigkeiten gutgläubig akzeptiert, aber als ich ihr von *meiner* Begegnung mit dem Übernatürlichen erzählte, bestand ihre Reaktion lediglich aus einem kindischen Gekicher.

»Wirklich, Violet!« brauste ich auf. »Wenn ich hier nicht ernst genommen werde, ist es vielleicht das beste, ich kehre nach London zurück!«

»Ernst, sagt sie! Aber natürlich nehme ich dich ernst. Warum sollte ich auch nicht?«

»Ich verstehe nicht, zuerst machst du...«

»Blau war es, sagtest du?«

Ich bekam langsam Kopfschmerzen.

»Ich glaube«, antwortete ich und rieb mir sanft die Stirn, »irgendwie ist es uns gelungen, genau aneinander vorbei zu reden.«

»Also, ich kann dir alles erklären, wirklich«, versicherte sie mir und zog sich einen Stuhl ans Bett. »Nachdem ich vom Spielzimmer hierher zurückgehuscht bin, sehe ich als erstes, daß mein Körper seelenruhig im Bett liegt, aber keine Emma. Nun, sage ich mir, das ist doch merkwürdig. Ich dachte, du wärst schon lange wieder zurück. Dann habe ich dieses komische Gefühl, daß irgendwas nicht stimmt. Also, obwohl ich mich noch immer etwas benebelt fühle, zwinge ich mich, noch lange genug außerkörperlich zu bleiben, um bis zum Schlafzimmer Ihrer Ladyschaft zu gelangen. Und es war, als würde ich eine Wiederholung von dem sehen, was ich das letzte Mal dort sah! Außer, daß du es jetzt warst, die um ihr Leben rang! Ich dachte schnell nach und überlegte mir, wenn ich mich nur irgendwie sichtbar machen könnte, würde er denken, er müsse mit noch einem Körper fertig werden, sozusagen. Ich hab' so was vorher noch nie gemacht, wollte ich eigentlich auch nie, aber es war einen Versuch wert. ›Willenskraft‹, wie die alte Bessie sagen würde. ›Willenskraft, das ist jetzt genau das richtige!‹ Also hielt ich den Atem an und konzentrierte mich, solange ich konnte.«

»Du hast da gestanden und den Atem angehalten?« fragte ich ungläubig.

»Mhm. Das hilft mir, mich zu konzentrieren. Aber es funktionierte nicht, ich schaffte es nicht, Gestalt anzunehmen, jedenfalls nicht so, wie ich hoffte.«

»Also war mein geheimnisvoller blauer Geist aus dem großen Jenseits niemand anderes als Violet Warner!« gluckste ich. Es war das erste Mal seit Tagen, daß ich so richtig lachen konnte. »Mach dir nichts draus, du hast das schon ganz gut gemacht, altes Mädchen!« rief ich freudig aus. »Ganz gut, wirklich! Indem du erschienen bist, wenn auch nur in Umrissen, umgeben von deiner Lichtaura, hast du mir das Leben gerettet! Meine liebe, wunderbare Mrs. Warner«, gab ich unter Tränen der Dankbarkeit lächelnd von mir, »du bist ein Schatz, wirklich!«

»Nun«, antwortete sie mit einem gutgelaunten, wenn auch etwas verlegenen Lachen, »wurde auch Zeit, daß das mal jemand merkt.«

»Aber konntest du irgendwie erkennen«, fragte ich, »wer mich eigentlich angegriffen hat?«

»Nein.« Sie seufzte. »Ich hab' mir viel zu viele Sorgen um dich gemacht. Ich meine, du lagst da auf dem Boden, und überhaupt.«

»Ich wünschte nur, *ich* hätte ihn erkannt. Aber wie du schon sagst, bei der Dunkelheit und in dem Gemütszustand, in dem wir beide uns befanden, da ist das verständlich. Aber wie bin ich hierher zurückgelangt?«

»Das war genauso wie zuvor. Ich huschte schnell in mein Zimmer zurück, und nachdem ich wieder in meinen Körper geschlüpft war, was ganz ausgezeichnet klappte, flitzte ich zurück in das Schlafzimmer Ihrer Ladyschaft. Du erinnerst dich nicht daran, daß ich dir aufgeholfen habe und mit dir über den Flur zurückgegangen bin?«

»Nur sehr vage«, gab ich zu, »jetzt, wo du es erwähnst.«

»Mach dir keine Sorgen, Liebes. Es kommt alles wieder zurück, sicher.«

Ich drängte sie, nun zu erzählen, was sie – falls überhaupt – während ihrer Astralwanderung gehört hatte. Als sie zum Ende gekommen war, konnte ich meine Begeisterung nur schwer zurückhalten. Sie hatte nicht nur sich selbst bewiesen, sondern ihre gesammelten Informationen verschafften mir zudem einen besseren Überblick über das Ganze. Was meine Kameradin betraf, so war sie allerdings nicht so sicher, ob wir viel erreicht hatten.

»War ja gar kein so großes Geheimnis, warum sie verfrüht nach Haddley zurückkamen«, sagte sie. »Ihre Gründe schienen recht harmlos zu sein.«

»Hmm«, antwortete ich.

»Allerdings«, fuhr sie fort, »wissen wir jetzt, daß jeder von ihnen ein Motiv hatte, Ihre Ladyschaft umzubringen. Ich nehme an, das ist doch auch schon was wert.«

»Ja«, pflichtete ich ihr bei. »Lady Margarets Abneigung Ihrer Ladyschaft gegenüber und ihr Wille, die Angelegenheiten auf Haddley zu kontrollieren, sollten nicht so leicht unterschätzt werden.«

»Und Sir Charles«, fügte Vi hinzu, »der im Moment unter einem finanziellen Verlust leidet, ebenso wie der Squire unter seinen Spielschulden.«

»Von Colonel Wyndgate«, sagte ich, »gar nicht erst zu reden. *Wenn* es wahr ist, was der Squire sagt, dann könnte es für jemanden in seinem Alter der Todesstoß sein, auf die Straße geworfen zu werden. Und man kann sich leicht vorstellen, welch verhängnisvolle Wirkung ein Mord, oder auch nur der Verdacht, auf die Familie als Ganzes haben würde, wenn all dies vor einem Gericht an die Öffentlichkeit käme.«

»Mhm, das ist wohl wahr. Aber haben wir irgendwas davon, daß wir das alles wissen?«

»Wir tragen zusammen«, antwortete ich, »eins zum anderen. Wir kennen jetzt ihre möglichen Mordmotive und ihre Gründe, Stillschweigen zu bewahren, als es geschah. Auf alle Fälle«, fügte ich hinzu und strich mir mit der Hand vorsichtig über den Hals, »können wir so etwas wie einen Pyrrhusstolz empfinden, da wir nun wissen, daß es einen Menschen gibt, der glaubt, wir wüßten mehr, als es wirklich der Fall ist.«

»Oh, schau dir das an!« rief Vi aus. »Ich kann immer noch Striemen an deinem Hals erkennen. Ich glaube, es ist höchste Zeit, daß wir hier wegkommen, bevor dein Mr. Holmes *unseren* Tod untersuchen muß!«

»Die Situation wird wirklich recht prekär«, gab ich zu. »Aber ich habe noch viel zu erledigen.«

»Und was zum Beispiel?«

»Zum einen möchte ich Inspektor Thackeray aufsuchen. Er wird die Statue untersuchen lassen wollen. Das allein sollte ihn von unserer Auffassung überzeugen, wie auch der Ohrring ... Guter Gott, der Ohrring! Meine Handtasche, Vi, wo ist meine Handtasche?«

»Komm, komm, reg dich nicht auf, sie ist genau da, wo ich sie hingestellt habe, nämlich hier neben dem Bett«, sagte sie und reichte sie mir. »Und was hat das Ganze mit dem Ohrring auf sich, hä?«

Anstatt ihr zu antworten, wühlte ich hektisch den Inhalt meiner Tasche durch. Nach einem Augenblick der Sorge fand ich ihn schließlich. Ich holte ihn heraus, damit sie ihn sich anschauen konnte. »Er ist sehr hübsch«, sagte Vi, während sie den Ohrring in Form eines Halbmondes in Augenschein nahm. »Aber ich bezweifle, daß ich mich so aufregen würde, wenn ich ihn verloren hätte.«

»Du verstehst nicht«, erwiderte ich. »Das ist nicht meiner. Er gehört dem toten Mädchen. Ich habe ihn im Schlafzimmer von Lady St. Clair gefunden.«

»Im Schlafzimmer Ihrer Ladyschaft! Aber was hatte er denn da zu suchen?«

»Hier muß ich leider sagen, ich weiß es nicht«, antwortete ich und drehte den Ohrring langsam in meiner Hand um.

Sie schnalzte mitfühlend mit der Zunge, während ich meine Abenteuer der vergangenen Nacht erzählte, einschließlich des Augenblicks, in dem ich sah, wie die Tür geöffnet wurde.

»Ich wär' vor Schrecken aus der Haut gefahren, ehrlich«, meinte sie erschaudernd.

»Nun«, erwiderte ich mit einem Kichern, »ich tat etwas, das weniger körperbetont war.«

»Und was?«

»Ich versteckte mich einfach hinter...«

Ich hielt mitten im Satz inne und starrte mit leerem Blick in den Raum, während meine Gedanken mit der Geschwindigkeit eines englischen Rennhundes weiterrasten.

»Was ist mit dir, Em?«

»Oh, Vi«, erwiderte ich, warf die Bettdecke beiseite und stieg aus dem Bett. »Ich bin eine solche Närrin gewesen!«

»Emma Hudson!« befahl meine alte Freundin. »Du gehst augenblicklich ins Bett zurück. Du bist nicht in der Verfassung, um...«

»Nein, nein, mir geht es gut«, antwortete ich.

Da ich zu aufgeregt war, um mich zu setzen, begann ich, auf und ab zu laufen, bis ich schließlich zu meiner Freundin herumwirbelte.

»Die Schlafkammer war nie verschlossen, richtig? Nein«, antwortete ich für sie. »Eine Tatsache, die dem ganzen Haushalt bekannt ist, Familie und Bediensteten gleichermaßen. Der Mörder«, fuhr ich nun in schnellerem Tempo fort, »profitierte davon, betrat leise das Zimmer, und nachdem er die Tür von innen verschlossen hatte, verabreichte er das Chloroform. Und während Ihre Ladyschaft vergeblich um ihr Leben rang, schwebtest du herein.«

Vi sagte nichts, sondern bewegte nur zustimmend ihren Kopf.

»In astraler Gestalt«, erzählte ich weiter, »konntest du nichts anderes tun, als zu deinem Schlafzimmer zurückzukehren, was du ja auch gemacht hast. Nachdem die Tat vollbracht war, wurde es für unseren geheimnisvollen Freund Zeit, das Zimmer zu verlassen. Aber zu dem Zeitpunkt standest du schon draußen mit Hogarth und hast um Einlaß gebeten. Der Mörder hatte nur eine Wahl, und zwar, sich zu verstecken.«

»Damit magst du ja recht haben«, sagte Vi. »Aber wo? Das würde ich gerne wissen.«

»Nun«, antwortete ich mit einem selbstzufriedenen Lächeln, »an dem gleichen Ort, wo ich mich versteckte. Hinter der Tür.«

»Hinter der...?«

»Genau! Nachdem Hogarth den Generalschlüssel ins Schloß gesteckt hatte, kamst du herein.«

»Mhm.«

»Und Hogarth auch.«

»Mhm.«

»Und dann kamen die St. Clairs in Begleitung von Dr. Morley und dem Colonel. Zumindest«, sagte ich und holte Luft, »glaubtest du das.«

»Aber genau so geschah es!« rief Violet.

»Nicht ganz, fürchte ich, meine liebe Mrs. Warner. Alle außer einem der Anwesenden hatten das Zimmer betreten. In der Verwirrung des Augenblicks mußte unser gewiefter Schuldiger nur hinter der Tür hervortreten und sich ganz unschuldig unter die anderen mischen. Und wer hätte das gemerkt?«

Ich schüttelte den Kopf angesichts der Einfachheit all dessen. Geheime Öffnungen in der Wand, Falltüren, also wirklich! In meinem Eifer, einen ausgeklügelten und/oder genialen Fluchtplan aufzudecken, hatte ich die Ermittlungssünde begangen, das Naheliegende zu übersehen.

Dieses Eingeständnis meinerseits erinnerte mich an eine Zeit als kleines Mädchen, in der mich mein Vater immer durch einen Zaubertrick mit einem Kartenspiel in Erstaunen versetzte. Wie bettelte, flehte und schmeichelte ich ihn doch an, damit er mir das Geheimnis des Tricks verriet. Und wenn ich schließlich mit der Antwort belohnt wurde, war ich das enttäuschteste Kind auf der Welt.

»Aber Papa«, klagte ich dann immer, »da muß doch mehr dahinterstecken. Das ist zu einfach!«

Dann warf er seinen schönen Kopf lachend zurück.

»Du darfst nie das Naheliegende übersehen, Emma«, sagte er immer. »Übersieh nie das Naheliegende.«

Ich fürchte, Papa, das habe ich getan. Zumindest eine Zeitlang.

13. Lebewohl, mein Seemann

Nachdem wir uns angekleidet hatten, gingen wir nach unten, um ungestört ein spätes Mittagessen, bestehend aus Suppe, Butterkeksen, Tee und äußerst köstlichen gefüllten Törtchen, zu uns zu nehmen. Ich fühlte mich nun besser und war bereit, mich auf den Weg nach Twillings zu machen.

Da irgendein Beförderungsmittel für meinen Ausflug vonnöten war, begleitete Vi mich in die Ställe, wo ein Berg von einem Mann mit einem Gesicht, so ledern wie die Schürze, die er trug, eifrig mit dem Beschlagen eines Pferdes beschäftigt war.

»Mrs. Warner«, sagte er, als er uns näherkommen sah. »Ist schon 'ne Weile her, daß Sie hier draußen waren.«

»Dies hier ist Mrs. Hudson, Ben. Sie würde gern ins Dorf fahren. Wir haben uns gefragt, ob vielleicht irgendein Gefährt verfügbar ist.«

Er stand auf und nickte mir zu, während er sich nachdenklich mit der Hand über ein borstiges Kinn fuhr. »Weiß nicht, wer in der Lage ist, Sie zu fahren, gnädige Frau. Bißchen knapp an Leuten, verstehen Sie? Wenn diese Kerle einfach nicht auftauchen.«

»Sie meinen wohl Will«, sagte ich und ärgerte mich noch im gleichen Moment über meine Worte.

»Woher wissen Sie das denn?«

»Er ist im Dorf«, erwiderte ich ausweichend und hoffte, er würde es dabei belassen.

»Ach ja? Hat doch wohl nicht irgendwas mit dem toten Mädchen zu tun, das er gefunden hat, oder?«

»Warum fragen Sie?« wich ich aus.

»Hab' so was gehört, wie die anderen auch.«

Da ich weder die Zeit noch den Wunsch hatte, den Mann in eine weitergehende Unterhaltung über das, was wir wußten, zu verwickeln, teilte ich ihm lediglich mit, daß einer meiner Gründe für die Fahrt ins Dorf wäre, mit dem Jungen selbst zurückzukehren. Dann wechselte ich taktvoll das Thema, indem ich Ben fragte, was denn nun für meinen Ausflug nach Twillings zur Verfügung stünde, woraufhin ich informiert wurde, daß das beste Transportmittel, welches er mir anbieten konnte, ein kleiner Karren war.

»Sind schon mal gefahren, oder?« fragte er.

»Nicht allzuoft«, gestand ich.

»Aha, nun gut, dann sollten Sie Daisy nehmen.«

»Daisy?«

»Eine ganz sanfte Stute, gnädige Frau, macht keine Dummheiten. Kennt den Weg hin und auch wieder zurück, unsere Daisy.«

Also wurde der Wagen angespannt, den Ohrring hatte ich in der Handtasche, die Marmorstatue lag verpackt und festgebunden hinten drauf, und ich begab mich hinter die Zügel.

»Und du bist sicher, daß ich nicht mitkommen soll?« fragte Vi.

»Ja, wie ich sagte, es ist besser, du bleibst hier und hast ein Auge auf alles Ungewöhnliche.«

»Wie zum Beispiel noch ein oder zwei Morde?« fragte sie halb im Spaß.

»Gott bewahre!«

Die Fahrt nach Twillings war, wenn auch langsam, so zumindest ereignislos. Die Stute, ein frommes Geschöpf, legte ihre eigene Geschwindigkeit fest, und kein gutes Zureden meinerseits konnte den stetigen, schleppenden Schritt ändern. Ich fragte mich schon, wann oder ob überhaupt ich jemals mein Ziel erreichen würde. Ich bin mir ziemlich sicher: Wäre ich nur ein paar Jahre jünger gewesen, hätte ich den Weg in der Hälfte der Zeit zurücklegen können. Aber schließlich kam ich doch an, und nachdem ich mich bei einem Dorfbewohner nach dem Weg erkundigt hatte, fand ich die Polizeistation ohne größere Probleme.

»Mrs. Hudson, tatsächlich!« rief der Inspektor, als ich eintrat. »Das ist ja eine Überraschung. Bitte, kommen Sie herein.«

Ich betrat ein fensterloses Büro mit langweiligen braunen Wänden und nahm auf einem Stuhl vor einem Schreibtisch Platz, der mit den obligatorischen Utensilien bepackt war: Tinte, Füller, Papierstapel, Pfeife und Aschenbecher. Dazu kam noch eine Zeitung, die bei einem halbfertigen Kreuzworträtsel aufgeschlagen war.

»Ich hab' recht viel zu tun, Sie verstehen«, sagte er mit einem äußerst diensteifrigen Tonfall. »Aber vielleicht kann ich doch ein paar Minuten für Sie erübrigen.«

Ich warf einen Blick auf das Kreuzworträtsel.

Er räusperte sich.

»Ja, nun«, stammelte er, griff rasch nach der Zeitung und legte sie in die unterste Schublade. »McHeath.«

»Bitte?«

»McHeath, Madam. Spezialist für Kreuzworträtsel, unser McHeath. Hab' ihm gesagt, sie nicht immer herumliegen zu lassen.«

»Ja, sicher, Inspektor.«

Nach einem Augenblick unangenehmen Schweigens, der nur von einem sinnlosen Hin- und Hergeschiebe von Papieren unterbrochen wurde, kam er sofort mit einer Bemerkung zur Sache, deren Art ich hätte erwarten sollen.

»Und was«, fragte er mit einem kleinen Kichern, »führt die weibliche Linie der Holmes-und-Hudson-Detektivagentur in mein bescheidenes Büro?«

Würde dieser Mann mich denn nie ernst nehmen?

»Detektivagentur? Es scheint, Inspektor«, erwiderte ich kühl, »als seien Sie wieder einmal im Besitz von falschen Informationen. Deshalb«, fügte ich rasch hinzu, um ihm in diesem fortwährenden, aber völlig sinnlosen Wortgefecht keine Gelegenheit zu einem zusätzlichen Hieb oder einer Parade zu geben, »dachte ich mir, Sie wären vielleicht hieran interessiert«, sagte ich und legte die verpackte Statue auf seinen Tisch.

»Was ist das?«

»Öffnen Sie es.«

Der Inspektor entfernte das braune Paketpapier langsam und systematisch.

»Waren Sie einkaufen, Mrs. Hudson?« fragte er und hielt den Engel in die Höhe. »Ist wohl eine Art Geschenk?«

Ich lächelte. »Ein Geschenk? Ja, ich nehme an, das könnte man sagen. Mein Geschenk an die Polizeistation von Twillings. Was Sie da gerade in Händen halten, ist die bisher fehlende Mordwaffe. Der berüchtigte ›stumpfe Gegenstand‹, von dem Sie sprachen.«

»Und warum sollte ich das glauben?« Die Frage wurde barsch gestellt, während er die Statue abrupt wieder auf den Tisch legte wurde.

Ich schüttelte den Kopf in stiller Verzweiflung. »Inspektor Thackeray«, sagte ich mit all der Ernsthaftigkeit, die ich aufbringen konnte, »ich möchte nur in jeder mir möglichen Weise zur Beantwortung der vielen Fragen beitragen, die noch unbeantwortet sind. Ich bin überzeugt, es wäre nur zum Wohl der Gerechtigkeit, wenn wir zusammenarbeiten könnten. Und nun, da ich meine kleine Rede gehalten habe«, fuhr ich fort und drehte den kleinen Engel um, so daß er dem Inspektor seinen Rücken zukehrte, »werden Sie, wenn Sie die Statue genauestens untersuchen lassen, erkennen, daß diese Flecken dort getrocknetes Blut sind, in dem sich einige Haare verfangen haben. Haare, Inspektor, von denen jedes einzelne mit denen des ermordeten Opfers übereinstimmen wird.«

»Wird es das, Madam?« fragte er zweifelnd, während er mit der Hand langsam die Enden seines Schnurrbartes zwirbelte. »Wird es das tatsächlich?«

Gerade wollte er nach seiner Pfeife langen, als er sich eines Besseren besann, die Hände auf dem Schreibtisch faltete und sich nach vorne beugte, so daß wir uns nun nahe gegenüber saßen.

»Wo haben Sie die Statue gefunden?« fragte er. »Welchen berechtigten Grund haben Sie zu der Annahme, daß es sich um Blut handelt, beziehungsweise sogar um die Mordwaffe selbst? Sehen Sie, Mrs. Hudson«, fuhr er fort und ließ sich in seinen Stuhl zurücksacken, »wenn ich Sie ernstnehmen soll, müssen wir ...«

»Ich versichere Ihnen, Inspektor«, warf ich ein, »daß ich all Ihre Fragen zu Ihrer äußersten Zufriedenheit beantworten kann.«

Ein leichtes Lächeln wurde unter jenem Schnurrbart sichtbar, und zum ersten Mal, seit wir uns begegneten, lag ein Funkeln in jenen mauseartigen kleinen Augen. »Bei Gott, Mrs. Hudson«, lachte er gutgelaunt, »ich glaube, das können Sie wirklich! Aber ich warne Sie, Madam«, fügte er hinzu, damit ich ja nicht dachte, daß seine plötzliche Einwilligung zu schnell erlangt wurde, »wenn Sie mich bezüglich ihrer Erkenntnisse nicht überzeugen können, will ich nichts mehr darüber hören, einverstanden?«

»Einverstanden.«

Ich gab ihm dann im Detail – mit Ausnahme von Violets astralen Erscheinungen – die Informationen, die ich in Erfahrung bringen konnte, und erzählte von den Ereignissen, die sich seit meiner Ankunft auf Haddley zugetragen hatten, einschließlich der Geschichte des Ohrringes, den ich ihm übergab, und seiner Entdeckung in dem Schlafzimmer Ihrer Ladyschaft, was meiner Erzählung mehr Gewicht verlieh. Er antwortete nicht unmittelbar, nachdem ich geendet hatte, sondern saß gedankenverloren da und klopfte mit dem Pfeifenstiel gegen den Aschenbecher. Schließlich legte er die Pfeife beiseite und wandte mir seine Aufmerksamkeit zu.

»Der Ohrring ist natürlich das bedeutendste Beweisstück. Ohne ihn, Mrs. Hudson, fürchte ich, wäre Ihre Geschichte lediglich das, nämlich eine Geschichte. Was die Statue betrifft«, fuhr er fort, als er meinen fragenden Blick in Richtung auf den Engel bemerkte, »ob die Flecken Blut sind oder nicht, wird sich zeigen. Aber dies«, fügte er hinzu und nahm den Halbmond, »ist etwas anderes.«

Er glaubte mir! Ich schickte ein stillschweigendes Dankesgebet gen Himmel.

»Und nun, Mrs. Hudson, lassen Sie uns die Umstände, über die sie mir berichtet haben, hinsichtlich des Todes von Lady St. Clair betrachten.«

Da er sah, daß ich ihn unterbrechen wollte, bat mich ein erhobener Finger zu schweigen, während er fortfuhr.

»Sie reden durchaus überzeugend von den Motiven derer, von denen Sie glauben, sie hätten etwas damit zu tun. Wie Sie zu dieser Kenntnis gelangt sind, weiß ich nicht. Und danach sollte ich wohl auch nicht fragen. Dennoch beruht das, was Sie mir präsentieren, Madam, auf nichts anderem als auf belauschten Unterhaltungen. Das sind keine Beweise, die ich vor einem Gericht benutzen könnte. Wenn der Tod aufgrund einer Überdosis Chloroform eintrat, dann ist es – das muß ich leider sagen – zu spät, um etwas zu unternehmen. Wenn wir den Leichnam exhumierten, würden wir nichts finden. Und welche rechtliche Begründung hätten wir überhaupt, um das anzuordnen?«

»Dann kann der Mörder also weiterhin frei herumlaufen?«

»Vielleicht nicht«, erwiderte er, während er mit dem Ohrring spielte.

»Natürlich, der Ohrring!« rief ich. »Wenn die gleiche Person nun beide...«

»Ein Mensch«, unterbrach er mich, um meinen Gedankengang weiterzuführen, »baumelt ebensogut für einen wie für zwei Morde an dem Ende eines Seils.«

»Dann ist es wohl das beste«, sagte ich, »wenn wir unsere

Aufmerksamkeit dem zweiten ermordeten Opfer zuwenden, wo wir zumindest einige lose Enden haben, an denen wir ziehen können.«

»Sehr gut formuliert, Mrs. Hudson«, antwortete er. Dann holte er seine Taschenuhr hervor, hielt sie in der Hand, und ich hörte ihn etwas murmeln wie »Eine Minute zu spät«.

»Ihre Uhr?« fragte ich.

Die Antwort erschien in Gestalt des Constable McHeath, der mit einem Tablett das Büro betrat.

»Ihr Tee, Inspektor«, sagte er und stellte es auf dem Schreibtisch ab. »Ich habe mir die Freiheit genommen, auch Ihnen eine Tasse zu bringen, Mrs. Hudson«, fügte er hinzu.

»Wie umsichtig von Ihnen, Constable.« Ich lächelte ihm zu.

»Wäre sonst noch etwas, Inspektor?« fragte er mit einem Seitenblick in meine Richtung.

Offensichtlich hatte er die Teezeit genutzt, um seine Neugier bezüglich des Grundes für meinen Besuch zu befriedigen.

»Eine Sache, McHeath«, antwortete Thackeray, während er den Tee einschenkte. »Tadlock.«

»Sir?«

»Es sind Informationen zutage getreten, die mich zwingen, unsere Haltung hinsichtlich des Verdächtigen zu überdenken.«

Obwohl es allen Anwesenden bewußt war, daß ich die Quelle der Informationen darstellte, schien es, als sollte ich nicht als solche besonders erwähnt werden. Nun gut.

»Dieses Mädchen, O'Connell, ist jetzt gewillt, die Geschichte des Jungen, nämlich daß er in der Nacht des Mordes mit ihr zusammen war, zu bestätigen, das gilt ebenso für ihre Zimmergenossin«, berichtete der Inspektor ausdruckslos.

»Haben ihre Geschichte geändert, wie? Vielleicht«, ergänzte er mit einem allzu offensichtlich anschuldigenden Blick in meine Richtung, »wurden sie dazu gezwungen. Wenn Sie wissen, was ich meine, Inspektor.«

Wie sein Vorgesetzter, so besaß auch der Constable ein bürokratisches Bewußtsein, das automatisch Widerstand leistete, sobald der Versuch unternommen wurde, etwas anzuzweifeln, was bis zu meinem Besuch als abgeschlossener Fall gegolten hatte.

»Es steckt noch mehr als ihr Eingeständnis dahinter«, sagte Thackeray und ignorierte die Schlußfolgerung des Mannes. »Wir sprechen später zu geeigneterer Stunde darüber.«

»Ich verstehe«, lautete die offensichtlich verärgerte, aber dennoch kontrollierte Antwort von Thackerays Untergebenem. »Ist das dann alles, Inspektor?«

»Im Moment ja. Danke, McHeath.«

»Haben Sie irgendwelche Fortschritte hinsichtlich der Identifizierung des Mädchens gemacht?« fragte ich, nachdem der Constable die Tür hinter sich geschlossen hatte.

»Ich denke, wir können die Annahme, sie sei aus Twillings, vernachlässigen. Wir haben bisher keine Berichte über das Verschwinden eines Mädchens, auf das ihre Beschreibung zutrifft. Aber vielleicht hören wir doch noch etwas.«

»Dann weiß man also nicht mehr als zuvor?« fragte ich, während der Inspektor mit einer gewissen Zeremonie einen Hafermehlkeks in seinen Tee tunkte.

»Nun, doch, eine Sache«, berichtete er, nachdem er den Keks gierig verschlungen hatte.

»Aha«, sagte ich und beugte mich vor, »und was ist das?«

»Es scheint«, antwortete er, wobei sein Blick den meinen mied, »als trug sie, wie Sie vielleicht sagen würden, ein Kind unter ihrem Herzen.«

»Sie war schwanger?«

Inspektor Thackeray rutschte unruhig auf seinem Stuhl

hin und her. »Das ist ein Wort, welches ich in Anwesenheit einer Dame nicht gewählt hätte, Mrs. Hudson. Aber ja, das war sie.«

In Anwesenheit einer Dame! Ich blickte gen Himmel. In aller Offenheit mit mir über Mord und all seine schmutzigen Begleiterscheinungen zu reden, war für den guten Inspektor zu akzeptieren, aber indem ich das Wort aussprach, das sich auf einen fortwährenden Prozeß des Lebens bezieht, beging ich anscheinend den bedauerlichsten aller gesellschaftlichen Fehler. Ich konnte nur hoffen, daß das neue Jahrhundert, welches nur noch wenig länger als ein Jahr entfernt war, einen akzeptableren Sittenkodex mit sich bringen würde. So wie es aussah, mußte ich mich aber nicht nur mit der Gegenwart, sondern auch mit dem Inspektor zurechtfinden. Und da ich seine Dienste noch in Anspruch nehmen wollte, hielt ich es für das beste, meine Ansichten für mich zu behalten.

»Vergeben Sie mir, Inspektor«, entschuldigte ich mich also sittsam. »Die Aufregung des Augenblicks, Sie verstehen.«

Meine Entschuldigung wurde wortlos angenommen und nur mit der Frage entgegnet, ob ich noch mehr Tee wünschte.

»Tee? Danke, nein, Inspektor«, antwortete ich und stand auf. »Ich glaube wirklich, ich sollte jetzt gehen.«

»Dann danke ich Ihnen, daß Sie vorbeigekommen sind, Mrs. Hudson«, erwiderte er und erhob sich ebenfalls langsam. »Sobald ich die Ergebnisse der Blutuntersuchung habe, werde ich Haddley einen Besuch abstatten. Wahrscheinlich irgendwann morgen nachmittag. Bis dahin«, ergänzte er, während er um den Tisch herumging, um mich zur Tür zu geleiten, »werde ich eine Reihe von Fragen haben, auf die ich direkte Antworten verlange, und ich kann Ihnen versichern, die kommen diesmal nicht so leicht davon.«

Gerade als ich mich zum Gehen wandte, stieß ich einen entsetzten Laut aus.

»Aber was ist denn los, Mrs. Hudson?«
»Ich habe den armen Will vollkommen vergessen!«
»Tadlock?«
»Ja. Inspektor, es gibt doch sicher keinen Grund mehr, ihn hinter Schloß und Riegel zu behalten.«
»Hm, das ist wohl wahr«, lautete die zustimmende, aber widerwillig erteilte Antwort. »Sie nehmen ihn also mit zurück?«
»Ja, und ich freue mich über die Gesellschaft. Lassen sie ihn mich unten am Mietstall treffen, Inspektor. Ich habe dort eine Stute vom Gut untergestellt.«

»Gott segne Sie, Mrs. Hudson! Ich wußte, Sie schaffen es!«
»Du bewahrst dir deinen Dank besser für eine gewisse Mary O'Connell auf«, informierte ich meinen jungen Freund, als wir uns auf den Rückweg machten.
»Ich wußte, daß Mary es sich überlegt, wenn Sie ihr erst mal alles erklärt haben.« Er grinste und knallte recht professionell mit den Zügeln.
Obwohl ich nun als Passagier neben ihm saß, fühlte ich mich verpflichtet, meine Meinung zu äußern bezüglich der Sinnlosigkeit, das Pferd zu irgendeiner anderen Geschwindigkeit als seiner eigenen anzutreiben.
»Hab' nicht versucht, ihren Gang zu beschleunigen, gnädige Frau«, belehrte mich der junge Mann, »wollte nur dafür sorgen, daß sie nicht einschläft. Wenn man älter wird, so wie die alte Daisy hier«, erklärte er, »dann wird man schneller müde.«
»Ach wirklich?« erwiderte ich und versuchte, ein Lächeln zu unterdrücken. »Das muß ich mir merken.«
Wir fuhren durch die ländliche Gegend zurück, während der Junge fröhlich über nichts von größerer Tragweite dahinplapperte. Dennoch verschaffte mir sein Geplauder eine nötige Atempause von den Unterhaltungen düsterer Art, denen ich in den letzten Tagen ausgesetzt war.

»Gefällt Ihnen das Singen, Mrs. Hudson?« wurde ich plötzlich gefragt.

»Singen?« wiederholte ich. »Oh, ich nehme an, jedem gefällt ein schönes Lied, nicht wahr, Will? Ich bin da wohl keine Ausnahme.«

»Ich meine, gefällt es Ihnen zu singen?«

»Ich? Selbst? Nun ja, manchmal«, gab ich zu. »Wenn ich gerade in Stimmung bin.«

»Ich singe die ganze Zeit, wirklich. Geht die Zeit schneller rum. Denk' ich jedenfalls. Ben hält allerdings nicht so viel davon. Immer, wenn ich meine Arbeit erledige, sagt er, ich hör' mich an wie ein kranker Bulle.«

»Tatsächlich!« rief ich aus. »Nun, Ben ist ja nicht hier, oder? Also sing nur, Will Tadlock, wenn dir danach ist.«

Von da an wurde ich frohgemut mit einer Reihe von Volksliedern unterhalten, die von Heim und Heimat sangen, wobei er gelegentlich eine unzüchtige Ballade dazwischenschob, die er auf eine so offene, unschuldige Art sang, daß ich ebenso herzlich lachte wie er.

»Will«, verkündete ich, »du hast eine schöne Stimme. Und das kannst du auch Ben von mir ausrichten.«

»Das mach' ich, Mrs. Hudson«, grinste er, während er noch einmal mit den Zügeln knallte. »Nun sind Sie dran.«

»Ich bin dran?«

»Ein Lied zu singen.«

»Ich? Oh nein.« Ich lachte etwas verlegen. »Das könnte ich nicht. Außerdem fällt mir auch gar keines ein.«

»An irgendeins müssen Sie sich doch erinnern«, drängte er mich mit einem aufmunternden Lächeln.

»Nein«, wiederholte ich, »wirklich nicht. Oh, doch, da kommt mir gerade eines in den Sinn. Ist das nicht merkwürdig? Aber ich weiß nicht, ob ich mich noch an den ganzen Text erinnere.«

Der junge Kerl drängte mich weiter.

Es schien, als käme ich nicht so leicht davon.

Schließlich, nachdem ich tief Luft geholt hatte, legte ich los, mit Vibrato und allem, was dazu gehört.

»*Lebe wohl, mein Seemann.*
Herzallerliebst, adieu ...
Ich bete jeden Tag
Für deine heile Wiederkehr.
Glaube mir, wenn ich dir sag',
Bist du auch draußen auf dem Meer,
Meine Gedanken sind stets bei dir.
Nun, lebe wohl, mein Seemann,
Lebe wohl.«

»Himmel, Mrs. Hudson«, rief er aus, als ich zum Ende gekommen war, »das war richtig gut! Sie müssen mir das unbedingt ... Aber, gnädige Frau, was ist denn? Was ist denn los?«

Ich fürchte, ich konnte nichts sagen oder tun außer mit ausdruckslosem Blick ins Leere zu starren, während meine Gedanken zurück an einen gänzlich anderen Ort als diese staubige Landstraße rasten. Ich sah ein lärmendes, verrauchtes Londoner Varietétheater vor mir, ebenso wie ein Publikum, zu dem auch ich gehörte. Ich konnte dieses Lied hören und die Sängerin sehen. Die Szene war mir so deutlich vor Augen, als schaute ich durch ein tragbares Stereoskop.

»Will«, stieß ich mühevoll hervor, »wir müssen zurück!«

»Zurück? Wohin zurück?«

»Nach Twillings! Zum Inspektor! Sofort!«

»Aber gnädige Frau, warum denn nur?«

»Will, bitte!«

14. Geständnis

Als ich Vi aus ihrem Schlafzimmer kommen sah, eilte ich – so schnell, wie es diese müden alten Beine erlaubten – den Flur entlang, um sie zu begrüßen.

»Nora Adams!« schrie ich, etwas zu impulsiv, wie ich befürchtete. Ich gab mir also Mühe, mich zurückzuhalten.

»Wer?« fragte sie, verwirrt angesichts meines Überfalls.

»Nora Adams!« wiederholte ich.

»Und wer ist das, bitte schön?« fragte meine alte Freundin, während sie mich von oben bis unten beäugte, als sei ich vollkommen verrückt geworden.

Ich ergriff ihre Hände und sagte strahlend: »Ich weiß, wer sie ist!« Und in meiner Begeisterung, so muß ich gestehen, zerrte ich sie buchstäblich in das Schlafzimmer zurück, bevor ich die Tür hinter mir wieder zuwarf.

»Wirklich, Liebes? Das ist schön, nicht wahr?« antwortete sie mit einem überaus besänftigenden Tonfall. »Warum setzt du dich nicht und entspannst dich ein wenig, so ist es gut, und ich werde Dr. Morley...«

»Oh, Vi«, lachte ich. »Ich habe mich noch nicht von meinem Verstand verabschiedet, obgleich es so aussehen muß. Aber in Zeiten wie diesen«, fuhr ich fort und ging nun auf und ab, »ist es nicht so einfach, derart kühl und gesammelt zu erscheinen wie ein gewisser Detektiv, den ich jetzt erwähnen könnte.«

»In Zeiten wie welchen?« fragte sie, während sie mich Schritt für Schritt auf meinem unendlichen Pfad durch das Zimmer begleitete.

»Vi!« rief ich verärgert. »Es gibt doch wohl kaum genug Platz in diesem Zimmer, daß wir beide auf und ab gehen könnten, oder?«

»Sollen wir uns also abwechseln?«

Ich schnitt eine Grimasse.

Das Problem wurde gelöst, indem wir uns beide in zwei Sessel neben den Kamin setzten.

»So, schon besser, nicht wahr?« lächelte sie. »Und nun laß hören, was dich so aufgewühlt hat.«

»Unser unbekanntes Mordopfer«, begann ich und rückte meinen Sessel etwas näher an das warme Feuer, »war niemand anderes als Nora Adams!«

»Nora...? Ich kenne keine...«

»Nein, natürlich nicht, meine Liebe«, antwortete ich angesichts ihres verwirrten Ausdrucks. »Das Mädchen ist, oder war, bis zu ihrem Tode der Star der Londoner Variétés. Sie war es, die das von ganz London gesungene Lied ›Lebe wohl, mein Seemann‹ berühmt machte.«

»Du willst behaupten, daß dieses junge Ding, das da draußen lag«, staunte sie mit einer richtungsweisenden Kopfbewegung gen Fenster, »eine von diesen aufgedrehten Unterhaltungskünstlerinnen aus diesen Variétés war? Himmel! Das gibt der ganzen Sache ja ein bißchen Würze, oder? Ich meine, wo sie doch auf der Bühne stand und so.« Ihre Augen funkelten bei dem Gedanken daran. »Also, wie hast du das über diese Nora Adams herausgefunden? Durch den Inspektor?«

»Gewiß nicht!« antwortete ich äußerst entrüstet. »Ich habe es gemerkt, als ich mit dem jungen Will Tadlock von Twillings zurückfuhr. Eine recht angenehme Fahrt, übrigens. Wir haben Lieder gesungen, weißt du, und...«

»Lieder gesungen? Was, du?«

Ich ignorierte die Tatsache, daß sie mehr Verwunderung zum Ausdruck brachte, als sie herausfand, daß ich die Fähigkeit besaß, meine Stimme singend zu erheben, als sie es in dem Moment tat, in dem ich sie darüber informierte, daß ich die Identität des toten Mädchens entdeckt hatte, und fuhr unbekümmert fort: »Als Will mich fragte, ob ich irgendwelche Lieder kannte, kam mir die Melodie von

›Lebewohl, mein Seemann‹ in den Sinn. Nach dem halben Refrain fiel mir plötzlich ein, wo ich es gehört hatte und wer es gesungen hatte. Aber um ehrlich zu sein, ich muß zugeben, daß ich nur mir selbst die Schuld geben kann, mich nicht an all das schon früher erinnert zu haben.«

»Du kanntest sie also?«

»Nein, aber ich habe sie gesehen, verstehst du, vor nicht länger als einem Monat im *Empress* mit Mrs. Waddell, einer alten Freundin aus der Straße. Aber von dort, wo wir saßen, konnte man die Gesichtszüge nicht allzu gut erkennen. Außerdem«, fügte ich hinzu, als ich an die Zeit zurückdachte, in der Vi und ich uns auf diese Art ab und zu die Nacht um die Ohren schlugen, »du erinnerst dich sicher, wie es in diesen Varietés ist.«

»Immer noch so schwach beleuchtet und so verraucht, wie?« fragte sie und beugte sich nach vorne, um nach einem neben dem Kamin liegenden Schürhaken zu greifen.

»Wenn nicht schlimmer«, erwiderte ich. »Ich will mich ja nicht herausreden, aber die Leiche des armen toten Mädchens zu betrachten ist schon was anderes, als sie in vollem Kostüm auf der Bühne herumtanzen zu sehen.«

»Aber natürlich, das sehe ich auch so!« versicherte mir Vi zustimmend, während sie sich daran machte, die Asche zu durchstochern. »Und der Inspektor weiß über diese Nora auch Bescheid?«

»Oh, ja«, antwortete ich. »Ich habe den Inspektor informiert, nachdem Will mich zu der Polizeistation zurückgefahren hatte. Deshalb bin ich auch etwas später zurückgekehrt, als ich wollte.«

Ich berichtete Vi dann von meinem Treffen mit Thackeray und von der weniger geneigten Reaktion dieses Herrn auf die Freilassung des jungen Tadlock. Aber dennoch, fügte ich mit berechtigtem Stolz hinzu, aufgrund der Informationen und der Beweisstücke, die ich ihm verschafft hatte, konnte ich nun behaupten, in Inspektor Jonas Thackeray einen Verbündeten gewonnen zu haben. Als ich erwähnte, daß das ermordete Opfer zum Zeitpunkt des Todes ein Kind unter dem Herzen trug, löste ich folgende Reaktion aus: »Schwanger?«

Ich schüttelte mißbilligend den Kopf. »Also wirklich, Violet!«

»Was? Was hab' ich gesagt?«

»Nichts, meine Liebe.« Ich lächelte. »Ein Witz für Eingeweihte.«

Da sie zu sehr in ihre eigenen Gedanken vertieft war, nachdem sie all dies gehört hatte, ging sie nicht weiter darauf ein.

»Nun, damit ist Lady Wichtig aus dem Schneider. Das kann man ihr jedenfalls nicht zuschreiben. Das heißt aber natürlich noch nicht, daß sie das Mädchen nicht umgebracht haben könnte, falls sie herausgefunden hat, daß Sir Charles..., du weißt schon.«

»Du glaubst, der Baronet war in irgendeine schmutzige Affäre mit der Adams verwickelt?«

»Könnte sein. Warum nicht, hm? Allerdings, bei dem Haufen kann man nie wissen. Mit Ausnahme von Dr. Morley natürlich.«

»Dr. Morley?«

»Mhm. Er ist der einzige von allen, der kein Motiv zu haben scheint.«

»Jedenfalls keines, von dem du gehört hast«, entgegnete ich.

»Nein, doch nicht unser Dr. Morley«, behauptete sie recht unnachgiebig. »So ein überaus netter Mann. Und noch dazu ein so gutaussehender. Nein, das ist nicht der Typ dazu, weißt du.«

»Aber, Violet«, antwortete ich mit einem Lachen, »ich habe das Gefühl, du bist in unseren Doktor verliebt!«

»Verliebt?« rief sie aus und richtete sich in ihrem Sessel auf, wobei sie mit den Händen nervös ihren Kragen zurechtzupfte. »Aber so etwas hab' ich ja noch nie gehört! Du mußt verrückt geworden sein!«

»Ich ziehe dich nur auf«, tröstete ich sie lächelnd und tätschelte ihre Hand, woraufhin ich dann taktvoll das Thema wechselte. »Erinnerst du dich daran, mir gesagt zu haben, welch gutes Ohr für Musik du hättest?«

»Was soll das denn nun?«

»Hier ist eine Melodie, die du dir mal anhören sollst.«

»Du wirst doch jetzt nicht singen, oder?«

»Sag mir, ob du Sie wiedererkennst«, sagte ich und ignorierte ihre spitze Bemerkung.

Ich hatte kaum angefangen zu summen, als Vi mich mit der Bemerkung unterbrach: »Natürlich erkenne ich die. Du hast neulich abend gehört, wie ich sie summte. Es ist die gleiche Melodie, die Sir Charles vor sich hin klimperte«, antwortete sie recht zufrieden mit sich selbst.

»Genau«, erwiderte ich. »Und obwohl mir das bis heute nachmittag nicht klar war, ist *diese* Melodie, meine Liebe, keine andere als die von ›Lebe wohl, mein Seemann‹.«

Ihr zufriedener Gesichtsausdruck verschwand rasch.

»Was? Die gleiche Melodie wie die von deiner Nora Adams? Aber woher könnte Sir Charles...?«

Die Frage sollte nicht beantwortet werden, denn in genau dem Moment war mein Blick auf einen Schatten gefallen, der zwischen Tür und Fußboden zu erkennen war und dessen Ursprung im Flur zu suchen war. Ich warnte Vi, indem ich zur Tür wies und unhörbare Worte von mir gab: »Da – lauscht – jemand.«

Daraufhin ergriff sie den neben dem Kamin liegenden Schürhaken, und zusammen pirschten wir vor. Während Vi den Schürhaken fest umklammerte und ihn zur Verteidigung über dem Kopf hielt, griff ich nach dem Knauf, riß die Tür auf und wurde mit einem weißen Schnauzbart konfrontiert. Hinter dem herabhängenden Gestrüpp war ein erschütterter Colonel Wyndgate zu sehen.

»Um Himmels willen, Madam! Was beabsichtigen Sie damit zu tun?« stieß er mit einem mißtrauischen Blick auf den erhobenen Schürhaken hervor.

»Das ist jetzt unwichtig, aber was haben Sie vor der Tür gemacht?« fragte Vi. »Den Wald nach Termiten abgesucht?«

»Den Wald nach...? Meine liebe Frau«, entgegnete er wütend und mit bebenden Wangen, »ich habe keine Ahnung, wovon Sie reden!«

»Aber Sie haben doch vor der Tür gestanden, Colonel. Warum?« fragte ich.

»Warum? Warum, Mrs. Hudson? Ich wollte einfach nur, ich meine...«, stotterte er, bis er letztendlich seine Haltung wiedergewann. »Ich war auf dem Weg nach unten, als ich mir dachte, ich könnte um das Vergnügen bitten, die Damen zum Dinner begleiten zu dürfen. Hatte noch nicht einmal Zeit zu klopfen, als...«

»Nun, es ist doch wirklich merkwürdig, daß Sie bisher noch nie darum gebeten haben!« erwiderte Violet unwirsch und wenig überzeugt.

»Und ich bezweifle sehr wohl, daß ich es jemals wieder tun werde!« brummte das Rote-Bete-Gesicht.

»Du kannst den Schürhaken wieder hinlegen, Vi«, lächelte ich. »Ich denke, im Moment sind wir sicher. Und«, sagte ich zu dem alten Soldaten, »da wir tatsächlich gerade großen Hunger verspüren und da es tatsächlich Zeit für das Dinner ist, Colonel, begleiten wir Sie nur zu gern.«

Was die am Tisch Anwesenden betraf, so war ihre Unterhaltung zwar schleppend, aber doch freundlich. Die unterschwelligen Spannungen, die noch herrschten, als ich das letzte Mal mit ihnen zusammensaß, waren von der Speisetafel verschwunden. Es schien, als versuchten sie, die Ereignisse der letzten Tage hinter sich zu lassen. Auch wenn dies an sich lobenswert war, so sollte es sich doch noch vor dem Ende dieses Abends als verfrüht herausstellen.

Nachdem ich Lady Margaret mein Kompliment für das Mahl ausgesprochen hatte und dabei heimlich die übriggebliebenen Reste eines allzu gummihaften Yorkshire-Puddings unter meinem Kartoffelpüree versteckt hatte, wandte ich meine Aufmerksamkeit dem Baronet zu.

»Dr. Morley leistet uns heute abend keine Gesellschaft, Sir Charles?«

»Heute abend nicht, Mrs. Hudson. Er ließ uns ausrichten, daß er bedauerlicherweise ein wenig unter dem Wetter leidet.«

»Vielleicht sollte er einen Arzt aufsuchen!« meinte der alte Colonel mit schallendem Gelächter.

Es folgte ein peinlich berührtes, höfliches gedämpftes Lachen am Tisch.

»Noch Wein, Margaret?«

»Ja, ein wenig, Henry.«

Hogarth, der schweigsam hinter dem Stuhl von Sir Charles gestanden hatte, war augenblicklich neben ihr.

»Die Damen?« Ein fragender Blick des jüngeren St. Clair.

»Für mich nicht mehr, Squire«, sagte Vi.

»Für mich auch nicht«, erwiderte ich, woraufhin ich dem Fuß meiner Kameradin einen verschwörerischen Tritt verpaßte und hoffte, sie würde nicht widersprechen, als ich mich erhebend verkündete: »Wirklich, ein herrliches Mahl, Lady Margaret. Wenn Sie uns nun entschuldigen möchten?«

Während wir uns vom Tisch verabschiedeten, erlangte ich Hogarths Aufmerksamkeit mit einer Kopfbewegung in Richtung Tür. Er verstand mein Anliegen und antwortete gleichermaßen mit einem leichten und heimlichen Kopfnicken seinerseits.

Als wir draußen waren, wandte ich mich Vi zu. »Wenn sie sich ins Musikzimmer zurückziehen, wie verbringen sie dann ihre Zeit?« fragte ich.

»Nun, Sir Charles spielt vielleicht ein wenig Klavier. Lady Margaret macht ein wenig Handarbeit. Der Squire und der Colonel lesen vielleicht eine Zeitlang, bevor sie sich zum Kartenspielen davonmachen.«

»Und wie lange bleiben sie ungefähr in dem Zimmer?«

»Höchstens eine Stunde, würde ich sagen. Warum fragst du?«

»Ich möchte, daß du ins Musikzimmer gehst und dort auf sie wartest«, teilte ich ihr mit und ignorierte ihre Frage. »Leiste ihnen Gesellschaft, bis ich komme.«

»Das wird ihnen mit Sicherheit gefallen. Und wo gehst du hin?«

»Zu Dr. Morley«, antwortete ich. »Ich möchte herausfinden, wie sehr er wirklich unter dem Wetter leidet. Ich hatte nicht damit gerechnet, daß er vom Dinner fernbleibt.«

Sie trat mit einem fragenden Blick einen Schritt zurück.

»Ach, komm schon, du hast doch etwas vor. Was soll das alles?«

Bevor ich Zeit hatte zu antworten, schloß Hogarth, nachdem er sich aus dem Speisezimmer verabschiedet hatte, die Tür hinter sich und kam näher. »Sie wollten mich sprechen, Mrs. Hudson?« flüsterte er in einem überaus vertraulichen Tonfall.

Am Glanz in seinen Augen konnte ich erkennen, daß er recht ergriffen davon war, Teil eines geheimen Triumvirats zu sein.

»Ja, Hogarth, das wollte ich«, antwortete ich und zog ihn näher heran. »Inspektor Thackeray wird in der nächsten Stunde am Hintereingang eintreffen. Es ist wichtig, daß niemand von seiner Ankunft erfährt, außer Mary.«

»Ich verstehe vollkommen, Madam«, erwiderte er, wobei er versuchte, seine Aufregung zu verbergen. »Gibt es etwas Bestimmtes, was ich tun soll?«

»Geben Sie ihm nur jede mögliche Unterstützung«, antwortete ich. »Wenn alles wie geplant verläuft, werden wir das düstere Geheimnis noch heute abend lüften. Wenn nicht, so fürchte ich, werde ich mich vollkommen zur Närrin machen.«

»Machen Sie sich keine Sorgen, Mrs. Hudson, alles wird gut verlaufen«, lautete die beruhigende und entschiedene Antwort des ehrwürdigen Herrn. »Aber ich muß zurück.

Sie werden sich fragen, wo ich bin, Sie verstehen. Viel Glück«, flüsterte er und schloß die Tür hinter sich.

»Vielleicht erzählst du *mir* nun endlich mal, was genau hier vor sich geht!« rief eine frustrierte Violet und stampfte verärgert auf den Boden.

»Es tut mir leid, Violet, wir haben einfach nicht die Zeit dafür«, antwortete ich und warf einen argwöhnischen Blick zur Tür des Speisezimmers. »Sie könnten jede Minute herauskommen. Bitte, tu einfach, um was ich dich gebeten habe.«

»Nun gut«, lautete die verschlossene Antwort. »Aber wenn ich Dr. Watson wäre...« Sie murmelte weiter vor sich hin, während sie auf den Hacken kehrtmachte und auf dem Flur davonstürzte.

Während ich insgeheim Mitgefühl für meine alte Freundin verspürte, so hatte es doch seit meiner Rückkehr nur sehr wenig Gelegenheit gegeben, sie mit den Antworten auf die vielen Fragen vertraut zu machen, die bisher ein Rätsel geblieben waren.

Daisys quälend schleppende Gangart hatte sich im nachhinein als Segen herausgestellt, da sie mir genügend Zeit verschaffte, im Geiste langsam, aber sicher alle losen Enden der Geschichte ordentlich zusammenzufügen. Während ich bereitwillig zugebe, daß es bei dem Fall noch gewisse Aspekte gab, die ich der Vermutung überlassen mußte, blieb ich gänzlich überzeugt, daß ich nun das Warum, Wie und Wer in der Hand hatte.

»Dr. Morley?«

Keine Antwort.

Da die Tür angelehnt war, stieß ich sie auf, steckte meinen Kopf um die Ecke und rief nochmals: »Dr. Morley, geht's Ihnen gut?«

»Ah, Mrs. Hudson? Bitte, kommen Sie herein.«

Ich betrat ein spärlich eingerichtetes Zimmer, in dem der Kamin die einzige Lichtquelle war. Zwei Ohrensessel, von denen einer vom Doktor besetzt war, standen vor den tanzenden Flammen, während düstere Schatten über sein Gesicht flackerten. Eine Whisky-Karaffe, die auf einem kleinen Beistelltisch neben dem Sessel stand, fing den Schein des Feuers mit dem Prisma ihres geschliffenen Glases ein und produzierte lautlose Farbexplosionen.

Während die eine Hand den Drink fest umklammerte, wies mir die andere einen Platz im gegenüberstehenden Sessel.

»Sir Charles sagt, daß Sie sich nicht gut fühlen«, bemerkte ich und nahm meinen Platz im Sessel ein.

Eine kleine Spur von einem Lächeln erschien. »Immer noch die Lady mit der angeborenen Neugier für alles Medizinische, wie ich sehe«, meinte er mit Bezug auf unsere erste Begegnung und fügte mit einem leichten Klaps auf seinen Magen hinzu: »Um ehrlich zu sein, ich leide an nichts anderem als an einer kleinen Verdauungsstörung, Mrs. Hudson. Dennoch, ich weiß Ihre Anteilnahme zu schätzen.«

»Ich dachte, Sie leiden vielleicht statt dessen unter einem Schuldgefühl«, erwiderte ich ruhig.

Es war keine Reaktion zu erkennen, nicht einmal ein Zucken der Augenbrauen. Seine einzige Reaktion bestand darin, sein Glas aufzufüllen, bevor er schlicht und einfach und beinahe gefühllos sagte: »Sie wissen es, nicht wahr?«

Ich nickte. »Ja, Dr. Morley, ich weiß es.«

»Ich vermutete es an dem Morgen, als Mrs. Warner von dem Chloroform sprach. Aber ich war nicht sicher. Wußten Sie es da schon?«

»Nein, nicht wirklich«, gestand ich. »Aber ich dachte mir, daß die einzige Person, die freien Zugang zu Chloroform hat, ein Arzt sein muß. Allerdings brachte mich vom Kurs ab, daß so viel angewandt wurde. Meinem Urteil zufolge schien es, als sei eine viel größere Menge benutzt worden, als normalerweise nötig...«

»Das geschah nicht aufgrund eines ärztlichen Fehlers

meinerseits«, unterbrach er mich barsch. »Es gab einen Kampf, verstehen Sie, die Flasche lief aus...«

»Dr. Morley«, stieß ich hervor, »es handelt sich hier nicht um einen Fall von falscher ärztlicher Behandlung, sondern um Mord!«

»Wie? Oh, ja, ich weiß, was Sie meinen. Das Ego eines Arztes meldet sich hier zu Wort, Mrs. Hudson.« In spöttisch-theatralischem Tonfall fügt er dann hinzu: »Sie können einem Arzt alles vorwerfen, nur nicht mangelnde Fachkompetenz, selbst wenn es sich um das Beenden eines Lebens handelt.«

»Ich finde Ihren Humor nicht angebracht«, meinte ich kühl.

»Sie haben natürlich recht, Mrs. Hudson. Ein Witz, der anscheinend so übel ist wie dem Arzt selbst.«

Er stöhnte leicht auf.

»Sie sind ja wirklich krank!«

»Das ist nichts. Das geht bald vorbei.«

Er hob das Glas an die Lippen, aber anstatt den Drink hinunterzustürzen, nippte er nur daran.

»Eine Frage, Madam.«

»Ja?«

»Woher in aller Welt wußte Mrs. Warner, daß jemand im Zimmer war?«

Auf diese Frage war ich nicht vorbereitet. Meine Gedanken drehten sich im Kreis wie Miniaturzahnräder, bis sie letztendlich bei der angemessenen Antwort einrasteten. »Spielt das jetzt wirklich noch eine Rolle?« fragte ich.

Er seufzte resigniert. »Nein, wohl nicht«, antwortete er.

Ich seufzte erleichtert.

Außer einem gelegentlichen Knacken der brennenden Holzscheite folgte ein Moment der Stille.

»Ich bin so ein Narr gewesen«, murmelte er schließlich, während er tief in die Flammen starrte. »Das erkenne ich jetzt. Ich weiß nicht einmal, warum ich es tat. Nein«, sagte er und wandte mir den Blick zu, »selbst das ist eine Lüge. Ich weiß es nur allzugut.«

»So wie ich«, bemerkte ich leise. »Obwohl ich mich zuerst fragte, wie es einem Mann, dessen ganze Karriere der Pflege und Heilung anderer gewidmet war, möglich war, jemandem das Leben zu nehmen. Ich kam zu dem Schluß, daß das Motiv wirklich übermächtig gewesen sein muß. Sie sind kein reicher Mann, nicht wahr, Doktor?«

Er scharrte verlegen mit den Füßen und verdeckte mit seiner Hand einen abgetragenen Ärmelaufschlag.

»Es tut mir leid«, sagte ich, »aber Ihre Kleidung verrät es.«

»Nein, Mrs. Hudson«, erwiderte er und langte hinüber, um den Rest der Karaffe in sein Glas zu füllen, »ich bin kein reicher Mann. Stellung – ja, Ansehen – ja, aber Geld – nein. Dr. Thomas Morley, Hausarzt auf Gut Haddley«, verkündete er mit erhobenem Glas, als sei es eine Fahne. »Hört sich hübsch an, nicht wahr, Madam? Eine mündliche Visitenkarte, die mir einen bevorzugten Tisch und Service in unseren besten Restaurants verschaffte, ebenso wie die Ehre, als Mitglied in verschiedenen gesellschaftlichen Komitees auf regionaler Ebene zu dienen.«

Er senkte langsam sein Glas.

»Aber bedenken Sie, verehrte Dame«, fuhr er fort, »dies ist keine große Gemeinschaft, und ich praktiziere wenig. Von gesellschaftlicher Stellung allein wird man nicht reich.«

»Aber«, entgegnete ich, »es scheint, als führten Sie ein angenehmes Leben, und Ihre Zeit wird nicht sehr in Anspruch genommen. Woher dieses besessene Verlangen nach Geld?«

Er beugte sein schönes Gesicht vor und warf mit einer weitschweifenden Geste die Arme um sich.

»Sehe ich etwa aus wie der nette alte Landarzt? Ach, in London wäre das etwas ganz anderes.«

»London?«

»Mit dem richtigen Kapital, Mrs. Hudson, könnte ich meine eigene Praxis kaufen, mich in einem vornehmen Viertel einrichten und mich dann um die Beschwerden, echte oder eingebildete, der Oberschicht kümmern.«

»Also«, sagte ich, »wurde Ihnen Geld geboten, um Ihre Ladyschaft zu beseitigen, zweifellos mit dem Bonus, Sie mit all den richtigen Leuten bekannt zu machen.«

»Ja. Vollkommen richtig.«

Bevor ich noch etwas hinzufügen konnte, faßte er sich an den Leib und biß sich vor Schmerz auf die Unterlippe.

»Dr. Morley!« schrie ich auf. »Bitte, lassen Sie mich Ihnen etwas holen!«

Er winkte mein Angebot ab und sank noch tiefer in den Sessel.

Die Hitze des Feuers war viel zu unangenehm für mich, und hätte ich die Kraft gehabt, hätte ich den Sessel weiter weggeschoben. So saß ich da und wartete, bis er sich wieder gefangen hatte, bevor ich fragte: »Und wieviel bekamen Sie, um sich *meiner* zu entledigen?«

Er mied meinen Blick und indirekt auch meine Frage, indem er selbst eine stellte: »Sie wußten also, daß ich es war?«

»Rückblickend ja«, antwortete ich. »Etwas an der unangenehmen Geschichte war besonders auffallend.«

»Ja? Und das war …?«

»Sie haben meinen Puls gefühlt, als ich auf dem Boden lag. Damit haben Sie sich, wenn Sie mein Wortspiel entschuldigen möchten, Doktor, Ihr eigenes Grab geschaufelt.«

»Ja, ich verstehe, was Sie meinen.« Ein tiefer Seufzer und ein mutloses Kopfschütteln folgten. »Aber in einer Hinsicht liegen Sie falsch, Mrs. Hudson. Er war kein Geld im Spiel. Ich allein habe entschieden, Sie loszuwerden. Als selbsterhaltende Maßnahme, wenn Sie so wollen. Sie schienen überall zu sein, zu vielen Leuten zu viele Fragen zu stellen. Und als Sie hierblieben, anstatt am Begräbnis teilzunehmen, machte sogar das mich mißtrauisch. Später an dem Tag untersuchte ich das Zimmer im oberen Stockwerk und fand frische Abdrücke von Frauenschuhen. Ich wußte, daß dies die Ihren sein mußten. Zu dem Zeitpunkt schien alles auseinanderzufallen. Alles.«

Er verbarg sein Gesicht hinter den Händen, während sein Körper vor Pein und Reue bebte.

»Aber Sie waren nicht für den Tod des jungen Mädchens verantwortlich«, bemerkte ich leise.

»Nein«, bestätigte er, als seine Hände herabfielen und rotunterlaufene Augen offenbarten, »aber wenn ich bekannt gemacht hätte, wer dafür verantwortlich war, hätte es nur meine Beteiligung am Tode Ihrer Ladyschaft verraten. Was habe ich nur für einen Schlamassel aus meinem Leben gemacht«, fügte er mit einer vor Ergriffenheit versagenden Stimme hinzu. »Welch riesigen, vollkommenen Schlamassel.«

Diesen Dr. Morley hätte Violet nicht wiedererkannt. Dies war ein durch seine Taten gebrochener Mann. Ein Mann, für den ich weder Wut noch Verachtung, sondern lediglich Mitleid empfinden konnte.

»Aber was meinen Angriff auf Ihr Leben betrifft, Mrs. Hudson, so müssen Sie mir glauben«, flehte er mich an, wobei sein Blick nach irgendeinem Zeichen der Absolution meinerseits suchte, »es tut mir wahrlich leid, daß es je geschehen ist. Niemand ist dankbarer als ich, daß Sie noch leben.«

»Eine Person wohl doch, Dr. Morley.«

Ein trauriges und verständnisvolles Lächeln war zu erkennen. »Ja, sicher«, erwiderte er, nachdem er noch einen Schluck seines Drinks zu sich genommen hatte.

»Ich möchte Ihnen ein Geheimnis anvertrauen«, sagte er dann sehr leise und mit offensichtlichem Ernst. »Obwohl es möglich ist, daß Sie mich für verrückt halten, wenn Sie es hören. Aber in jener Nacht ist mir etwas passiert. Etwas, das ich nur als tiefe religiöse Erfahrung bezeichnen kann. Während ich in dem dunklen Zimmer über Ihnen stand, erschien ein Licht vor mir. Ein schillernd blaues Licht, das von einer vor mir stehenden Gestalt ausgestrahlt wurde. Es war ein Engel, Madam. Ein vom Himmel gesandter Engel.«

Guter Gott, er sprach von Violet!

»Ich wußte, daß es ein Zeichen sein mußte. Ich eilte aus dem Schlafzimmer Ihrer Ladyschaft in mein Zimmer zurück und fiel betend auf die Knie. Aber nachdem himmlische Mächte selbst eingetreten waren, um meine Taten zu verurteilen, welche Hoffnung hatte ich da noch auf Erlösung?«

»Dr. Morley«, unterbrach ich ihn, »ich halte es nur für fair, Sie zu warnen, daß Inspektor Thackeray jede Minute hier eintreffen wird, wenn er nicht schon da ist. Ich habe keine andere Wahl, als ihm von unserem Gespräch zu erzählen.«

»Tun Sie das, Mrs. Hudson«, antwortete er mit einem müden Seufzer. »Was mich betrifft, meine verehrte Dame, so ist es wohl an der Zeit, daß ich mich verabschiede.«

Er trank den übrigen Inhalt seines Glases in einem Zug aus, bevor mir die Grausamkeit dessen bewußt wurde, was er getan hatte.

»Dr. Morley!« schrie ich und sprang aus dem Sessel auf.

Er fiel vornüber, faßte sich mit beiden Händen auf den Leib, und in dem Versuch aufzustehen taumelte er benommen von einer zur anderen Seite, während seine nun glasigen Augen wild durch das Zimmer jagten. Der Körper fiel unbeholfen in den Sessel zurück, während willkürliche Krämpfe die leblose Gestalt weiterhin wie eine Marionette durchrüttelten. Dann war es, so schnell wie es begonnen hatte, vorbei.

Erschüttert schloß ich die Tür hinter mir, ging nach unten und überließ Dr. Morley und sein Geständnis einer höheren Autorität.

15. Schluß

Nach ein paar eiligen und vertraulichen Worten zu Hogarth unten in der Eingangshalle betrat ich das Musikzimmer und sah, daß alle in ihre gewohnte abendliche Routine, so wie Vi sie treffend beschrieben hatte, vertieft waren – außer Sir Charles, der nicht am Klavier, sondern auf einem seidenen rosaroten Sofa saß und müßig in einem Buch blätterte.

Obwohl sich alle Blicke auf mich richteten, als ich eintrat, war Violet die einzige, die so umsichtig war, mich bei meiner Ankunft zu begrüßen. »Da bist du ja, Liebes. Ich habe mich schon gefragt, was du so lange getan hast.«

Ihre Stimme schreckte den alten Colonel auf, der sich nach dem Dinner einem Nickerchen hingegeben hatte. Als ich an ihm vorbeiging, um meinen Platz neben Vi einzunehmen, blieb er lange genug wach, um sich nach der Gesundheit von Dr. Morley zu erkundigen.

»Er ruht«, antwortete ich lediglich und nur allzu wahrheitsgemäß.

»Ich hatte gehofft, es ginge ihm gut genug, um kurz zu erscheinen«, sagte der Squire und holte eine Zigarette aus dem Etui. »Wenn der Colonel weiter vor sich hin schlummert, werde ich später jemand anderen zum Kartenspiel brauchen.«

Der alte Soldat murmelte irgend etwas vor sich hin und schlief dann unmittelbar wieder ein.

»Ich hörte, Sie haben heute nachmittag Twillings einen Besuch abgestattet, Mrs. Hudson«, sagte Lady Margaret, ohne von der Nadel, die in ihrer Stickerei auf- und abschoß, aufzublicken.

»Twillings? Ja, in der Tat, ich war dort«, lautete meine verwirrte und gestotterte Antwort, während ich hoffte, daß es damit erledigt wäre.

Die Nadel erstarrte, während sich die Augen von Lady Margaret langsam mit einem fragenden Blick auf mich richteten und auf eine weitergehende Erläuterung warteten.

Was jetzt? Ich wußte, daß ich mit irgendeiner Geschichte aufwarten mußte. Ich konnte mich nicht immer darauf verlassen, daß Violet mir zur Hilfe kam – obwohl ich spürte, daß ihr angesichts der Situation ebenso unwohl zumute war wie mir, denn sie gab merkwürdige Laute von sich.

»Mein Schal«, stieß ich hervor.

»Ja?«

»Äh, ja, mein Schal«, wiederholte ich. »Ich brauche unbedingt einen neuen, dickeren. Ich dachte, ich entdecke vielleicht im Dorf etwas, aber kein Glück, leider.«

»Zu schade.«

Es wurde nichts weiter gesagt. Die Frau des Baronet hatte nicht ein einziges Wort von dem, was ich gesagt hatte, geglaubt. Ich kam mir recht lächerlich vor.

Jeder kehrte zu seinen eigenen Gedanken zurück, bis ich schließlich den Mut faßte und die folgende Bitte aussprach. »Ich hörte, Sie spielen Klavier, Sir Charles. Vielleicht würden Sie uns mit ein oder zwei Stücken beehren?«

»Ich fürchte, ich bin nicht ...«

»Ach, komm schon, alter Junge«, mischte sich sein jüngerer Bruder ein, »du hast doch nur darauf gewartet, gebeten zu werden.«

»Etwas von Scarlatti wäre nett, Charles«, schlug die Dame des Hauses vor.

Sir Charles nahm seinen Platz am Klavier widerwillig ein. Während das glänzende Instrument aus Rosenholz die Melodie erklingen ließ, wurde dem Pianisten ebenso wie dem Klavier dank dreier Fenster, die vom Boden bis unter die Decke reichten, ein dramatischer Hintergrund verschafft. Draußen schob sich der Mond schüchtern hinter blaugraue Wolken und wieder aus ihnen hervor, wobei er in unregelmäßigen Abständen ein Publikum aus Ulmen erleuchtete, die sich im Nachtwind wie im Rhythmus zu der Musik wiegten.

Als die Kantate beendet war, folgte ein schmetternder Applaus, woraufhin der Baronet sich uns zuwandte und fragte: »Vielleicht möchten die Damen gerne etwas Moderneres hören?«

»Kennen Sie vielleicht ›Lebe wohl, mein Seemann‹?« fragte ich.

»›Lebe wohl ...‹?« Er schürzte einen Moment lang nachdenklich die Lippen. »Nein, ich glaube nicht, Mrs. Hudson.«

»Aber natürlich, Sir Charles«, stimmte Vi ein und stupste mich verschwörerisch in die Seite. »Ich habe doch selbst gehört, daß Sie es schon mehrere Male gespielt haben. Das geht so.« Woraufhin sie die Melodie trällerte.

»Oh, das! Klar, das kenne ich! Ist in London gerade ziemlich populär. Wußte nie genau, wie es hieß. Du mußt es auch schon gehört haben, Henry.«

Der Squire stellte sich mit dem Glas in der Hand neben das Klavier und stärkte sich mit einem Schluck, bevor er sagte: »Kann ich nicht behaupten, alter Junge.«

Kaum erklangen die ersten Takte, da hörte man aus dem vom Mond erhellten Garten eine Stimme, die das Klavier singend begleitete.

Während Charles weiterspielte, wenn auch zögernd, standen wir auf und gingen zum Fenster. Obwohl kein Wort gesprochen wurde, tauschten alle Anwesenden fragende, verwirrte und ängstliche Blicke aus.

Die Wolken hatten sich gelichtet, und das Mondlicht ließ im Garten die einsame, geisterhafte Gestalt einer jungen Frau sichtbar werden.

Sir Charles, der langsam ebenso die Nerven zu verlieren schien wie die anderen, verließ das Klavier und kam zu uns ans Fenster. Der Gesang ertönte weiterhin mit einer quälend klaren Stimme, während die schattenhafte Gestalt einer jungen Frau heranschwebte und uns einen erschreckenden Blick auf ihr blutverschmiertes Gesicht ermöglichte.

Lady Margaret fiel prompt in Ohnmacht.

Sowohl der Colonel als auch Sir Charles erstarrten auf der Stelle wie die Wachsfiguren von Madame Tussaud. Vi stolperte zurück und hielt sich am Klavier fest. Der Squire, dessen Gesicht vor Grauen und Unglaube verzerrt war, warf sein schweres Kristallglas mit solch einer Gewalt gegen das Fenster, daß durch die Wucht Tausende von Fensterscherben nach draußen flogen.

»Es ist Nora! Es ist Nora!« schrie er immer wieder.

»Wie könnte es Nora sein?« fragte ich ihn. »Sie haben sie doch getötet!«

»Ja, aber Sie haben sie gesehen – wir alle haben sie gesehen!« entgegnete er heftig, bevor er sich über die Tragweite seines Eingeständnisses klar wurde.

Er ging zum Barschrank, wo seine zittrigen Hände mit mäßigem Erfolg versuchten, ein Whiskyglas zu füllen.

Ich drehte mich zu seinem Bruder um. »Sir Charles«, befahl ich ihm, »bitte kümmern Sie sich um Ihre Frau, sie ist ohnmächtig!«

Selbst noch in einem etwas benommenem Zustand hob der Baronet mit Hilfe des Colonels die Lady auf das Sofa.

»Emma Hudson, was ist hier eigentlich los?« schrie Vi, die offensichtlich nach allem, was sie gesehen hatte, recht aufgebracht war. »Zuerst singt da draußen ein verflixter Geist hübsche Lieder, dann gesteht der Squire den Mord ... Ich dachte, wir wären hinter ...« Sie richtete ihren Blick auf Sir Charles, hielt sich dann aber doch im Zaum.

»Ich denke, Henry muß hier etwas erklären«, antwortete der Baronet, während er sich über seine Frau beugte und versuchte, sie mit sanften Schlägen auf die Wange wieder zum Leben zu erwecken.

Die Augen von Lady Margaret öffneten sich langsam. »Was ist, Charles?« fragte sie. »Was ist geschehen?«

»Es scheint, mein Liebling, als habe Bruder Henry gerade allen Anwesenden gestanden, die junge Frau umgebracht zu haben, die man draußen gefunden hat.«

»Ach was!« fuhr ihn der jüngere Mann an und schüttete seinen Drink zurück. »Wer will mich den an den Galgen bringen? Du etwa, Charles? Du, Margaret? Wie sieht's mit Ihnen aus, Colonel?«

»Was? Was? Also wirklich, alter Junge, das ist doch ...«

»Nein«, antwortete der Squire überheblich, »das kann ich mir kaum vorstellen! Und«, fügte er hinzu, wobei er sich Vi und mir zuwandte, »wer wird denn schon zwei närrischen alten Frauen glauben? Die Auferstehung Noras von den Toten wird die Absurdität der Behauptung nur verstärken. Aber machen Sie nur, Mrs. Hudson«, fuhr er mit einer gewissen Arroganz in der Stimme fort, »rennen Sie zu Ihrem Inspektor. Ich kann mir seine Reaktion auf Ihre Geschichte nur allzugut vorstellen.«

»Können Sie das tatsächlich, Sir?«

Alle Augen wandten sich Thackeray zu, der ohne Melone in das Zimmer schlenderte.

»Sie haben alles gehört, Inspektor?«

»In der Tat, Mrs. Hudson. Es tut mir leid, Squire, aber ich muß Sie offiziell des Mordes an Nora Adams anklagen.«

»Nora St. Clair, Inspektor«, korrigierte ich ihn.

Auf das verblüffte Schweigen folgten Laute des Erstaunens.

»St. Clair? Wie meinen Sie das?« fragte Thackeray.

Ich wandte mich an den Squire von Haddley. »Soll ich es ihnen erzählen, oder wollen Sie es tun?«

»Sie scheinen ja alle Antworten zu kennen«, erwiderte er bitter und sank in einen Sessel.

»Nun, ich möchte gerne wissen, woher du wußtest, daß es der Squire war«, schmollte Violet. »Und was soll das Ganze mit dieser Nora St. Clair, hä?«

»Zur Beantwortung deiner ersten Frage, Vi«, antwortete ich, »du erinnerst dich doch daran, daß du mir erzähltest, du hättest erfahren, daß der Baronet und seine Frau, ebenso wie der Squire, unerwartet auf das Gut zurückgekehrt seien?«

»Ja.«

»Sowohl Sir Charles als auch Lady Margaret wurden von Hogarth und den Bediensteten bei ihrer Ankunft gesehen. Nur die Rückkehr des Squires blieb bis zum nächsten Morgen unbemerkt. Er war der einzige, der Nora nach Haddley gebracht haben konnte, ohne daß es jemand bemerkte.«

»Warum? Zu welchem Zweck?« fragte Sir Charles.

»In der Tat, warum? Das war eine Frage, die ich mir auch immer wieder stellte. Die Idee, ein einfaches Mädchen von der Londoner Bühne für so etwas wie ein Tête-à-Tête hierher zu bringen, wäre verrückt gewesen. Obwohl er davon ausging, Sir Charles, daß sowohl Sie als auch Ihre Ladyschaft fort wären, so war doch Ihre Mutter noch immer hier und zu dem Zeitpunkt recht lebendig. Nein, es mußte die Idee des Mädchens gewesen sein. Lady Margaret«, fragte ich, »was würden Sie sagen, wenn ich Ihnen erzählte, daß Ihre Nichte eine Unterhaltungskünstlerin im Varieté, ledig und guter Hoffnung war?«

»Gütiger Gott!«

»Ja.« Ich lächelte. »Genau das wäre auch die Antwort Ihrer Ladyschaft gewesen.«

»Dann muß es Erpressung gewesen sein!« rief Violet.

»Genau«, antwortete ich. »Was mich zu meiner ursprünglichen Annahme zurückbrachte, daß das tote Mädchen nur seine Tochter gewesen sein konnte. Zweifellos schickte sie dem Squire einen Brief, in dem sie ihm mitteilte, ihn sehen zu wollen. Als er nach London kam, verlangte sie Geld, um das, was aus ihr geworden war, nicht bekannt werden zu lassen. Liege ich soweit richtig, Squire?«

Sein Schweigen deutete ich als Bestätigung.

»Aber«, mischte sich sein Bruder ein, »Henry hat überhaupt kein Vermögen. Wie könnte er...?«

»Wenn Sie erlauben, möchte ich eine Vermutung anstellen: Ich glaube, er hoffte, das Geld von Ihrer Ladyschaft zu bekommen, indem er sich irgendeine Geschichte ausdachte, der zufolge er seine Spielschulden zurückzahlen mußte. Mit Sicherheit wollte er den wahren Grund nicht offenbaren. Die Tatsache, daß Nora ihn bereitwillig hierher begleitete – denn ich kann mir nicht vorstellen, daß er sie gewaltsam nach Haddley zerrte – deutet für mich darauf hin, daß die Tochter nur allzu gut wußte, daß sie wenig Hoffnung darauf haben durfte, ihr Vater würde ihr das Geld per Post zuschicken.«

»Sie wollen also sagen, daß sie mit Henry zurückkam, um ihr Geld zu erhalten, anstatt in London auf das Versprochene zu warten«, sagte Lady Margaret in fragendem Tonfall. »Aber das ist unmöglich!« verkündete sie plötzlich und recht nachdrücklich. »Wir haben hier kein Mädchen gesehen.«

»Ein behelfsmäßig eingerichtetes Zimmer im oberen Stockwerk, Mylady«, antwortete der Inspektor. »Dort wohnte sie.«

»Ich verstehe«, antwortete sie leise, wobei ihre Worte mit einem mitleidsvollen Schütteln dieses aristokratischen Kopfes einhergingen. »Und deine Frau, Henry, was ist aus ihr geworden?« fragte sie.

»Starb vor fünf Jahren in Australien«, entgegnete der Squire barsch.

»Ich sage Ihnen«, verkündete der Colonel allen Anwesenden, »diese ganze Geschichte um eine Tochter, die ihren eigenen Vater erpreßt, wäre zu meiner Zeit nie vorgekommen!«

»Aber bedenken Sie, Colonel Wyndgate«, erinnerte ich ihn, »sie und ihre Mutter waren vom Vater verlassen worden und mußten sich im Ausland ihr eigenes Leben aufbauen. Die Bühne war sicher eine der wenigen Möglichkeiten, die ihr offenstanden, nachdem ihre Mutter gestorben war. Ohne Zweifel hat das Wissen, daß sie ein Kind erwartete, sie dazu veranlaßt, nach England zurückzukehren, damit das Kind finanziell abgesichert ist – auf die einzige Weise, die ihr blieb: durch Erpressung.«

»Nun, ich bezweifle doch sehr«, lautete Sir Charles' Kommentar an seinen Bruder gerichtet, »daß es dir gelang, von Mutter Geld zu bekommen, alter Junge, aus welchem Grund auch immer.«

»Keinen Heller!« lautete die verbitterte Antwort.

»Nicht einmal nach dem – wie ich es mir vorstelle – leidenschaftlichen Appell Noras, als sie Ihrer Mutter einen Besuch in dem Schlafzimmer abstattete«, fügte ich hinzu.

Der Squire warf mir einen überaus überraschten Blick zu. »Woher wissen Sie das?«

»Nun, Em fand den Ohrring des Mädchens im Zimmer Ihrer Ladyschaft.« Vi strahlte vor Stolz. »Ist es nicht so, Liebes?«

»Vi, bitte. Was sagten Sie doch gerade, Squire?«

»Ich ging nach oben zu Nora, nachdem ich von meiner Mutter abgewiesen worden war, und sagte ihr, sie müsse einfach noch Geduld haben. Ich würde ihr alles mir Mögliche zukommen lassen, sobald ich es hatte. Später in der Nacht erzählte sie mir, sie sei in das Zimmer Ihrer Ladyschaft eingedrungen, hätte die ganze Geschichte erzählt und Geld gefordert, damit sie schwieg. Das Ergebnis von all dem war, daß ich nun ganz aus dem Testament gestrichen werden sollte. Ob Mutter das gemacht hätte oder nicht, weiß ich nicht – aber das Risiko konnte ich nicht eingehen.«

»Und dann haben Sie Dr. Morley in diese leidige Angelegenheit hineingezogen«, unterbrach ich ihn, »mit dem Angebot, ihn zu bezahlen, wenn er Ihre Ladyschaft beseitigen würde.«

»Doch nicht Dr. Morley!« stieß meine alte Freundin aus.

»Es tut mir leid, Vi, aber es ist wahr. Der Doktor selbst hat es mir gegenüber ausgesagt.«

»Aber warum sollte der Squire Nora töten?« fragte sie. »Ich meine, wo doch Ihre Ladyschaft tot war, bevor sie das Testament ändern konnte und so.«

»Ich kann nur annehmen«, behauptete ich, »daß der Preis beträchtlich anstieg, nachdem die Tochter von dem Tod erfuhr.«

»Ihre Gier hat Nora umgebracht!« stieß der Squire plötzlich aus.

»Nein, Squire«, erwiderte ich. »Sie haben sie umgebracht! Sie wollte mehr Geld. Es gab Streit. Sie schlugen ihr mit dem erstbesten Gegenstand, der Ihnen in die Hände fiel, auf den Kopf – eine kleine Marmorstatue.«

»Ich sollte vielleicht erwähnen«, ergänzte der Inspektor, »daß sich eben diese Statue, von der Mrs. Hudson spricht, nun in den Händen des Coroners befindet, um untersucht zu werden.«

»Und nachdem Sie sie getötet haben«, drängte ich weiter, »zogen Sie ihr den Mantel an und zerrten die Leiche nach draußen – in dem Glauben, daß man sie für ein Mädchen aus Twillings halten würde, wenn man sie findet. Als Sie die Stimmen von Will und Mary in dem Garten hörten, ließen Sie Ihr Opfer dort liegen und flohen eilig zurück ins Haus.«

Ich erhielt keine Antwort, zumal es ohnehin keiner bedurfte.

Ich zog den Inspektor beiseite und informierte ihn über den Selbstmord von Dr. Morley. Ich hielt es im Moment für das beste, seinen Tod vertraulich zu behandeln. Da sich Vi die Rolle des Doktors in dem Mord an Lady St. Clair zu Herzen genommen hatte, wünschte ich nicht, sie mit dieser zusätzlichen Offenbarung noch mehr aufzuregen.

»Also, Madam«, sagte der Colonel, während er seine massige Gestalt zu mir herüberschleppte, »wer zum Teufel sind Sie eigentlich? Irgend so eine Detektivin?«

»Mrs. Hudson«, antwortete der Inspektor an meiner Stelle, »ist eine Mitarbeiterin des berühmten Sherlock Holmes, Colonel Wyndgate.«

Der alte Soldat war einen Augenblick sprachlos. »Sherlock Holmes! Du liebe Güte.« Er schnappte nach Luft. »Inspektor! Sollten Sie die Frau nicht hinter Schloß und Riegel stecken?«

»Wovon um alles in der Welt reden Sie?« fragte ein von Grund auf verwirrter Thackeray.

»Ich meine«, stotterte er, »dieser, dieser Sherlock Holmes – ist das nicht der Kerl, der vor ein paar Jahren all diese armen Frauen ermordet hat?«

»Colonel Wyndgate!« Ich brach in schallendes Gelächter aus. »Ich glaube, Sie verwechseln Mr. Holmes mit Jack the Ripper!«

»Was? Wie? Ja, nun, Sherlock, Ripper, die beiden krieg' ich immer durcheinander.«

Der Fauxpas des Colonels hob zumindest ein wenig die Stimmung, bis Lady Margaret langsam zu dem eingeworfenen Fenster ging und wehleidig die Frage in den Raum stellte: »Werden wir nun den Rest unseres Lebens von dem Geist von Nora St. Clair verfolgt?«

»Ich glaube, in dem Punkt brauchen Sie sich keine Sorgen zu machen, Mylady«, antwortete ich. »Inspektor Thackeray?«

»Du kannst jetzt hereinkommen«, rief er und wandte sich der Tür zu.

Mary O'Connell trat ein.

Noch immer mit Noras Mantel bekleidet und mit über die Schultern hängendem Haar kam Mary nervös herein und wischte sich das »Blut« aus dem Gesicht.

»Aber das ist ja unsere Mary!« rief Vi aus.

»Guter Gott!« stieß Lady Margaret hervor. »Eine der Bediensteten!«

»Erklären Sie uns das, Sir!« verlangte Sir Charles vom Inspektor.

»Es scheint, alter Junge«, verkündete der Squire im Namen des Inspektors, »als wäre unser Geist nichts anderes als ein billiger, theatralischer Trick gewesen. Dennoch«, fügte er mit einer spöttischen Verbeugung hinzu, »mein Kompliment, Mrs. Hudson. Sie haben die Produktion inszeniert, nehme ich an?«

Ich antwortete mit einem Lächeln und einem Kopfnicken.

»Aber Mary«, schrie Violet und eilte zu dem Mädchen, »du hast ja überall Blut!«

»Das war nur die Tomatensoße von Cook«, antwortete sie mit einem schelmischen Grinsen.

»Du wurdest doch nicht durch die Scherben verletzt, oder?« fragte ich. »Das war leider etwas, mit dem ich nicht gerechnet hatte.«

»Das hat mich mehr in Angst versetzt als alles andere, Mrs. Hudson.«

»Nun, du hast das aber sehr gut gemacht, Mary«, sagte Thackeray lächelnd. »Du gehst jetzt wohl besser und säuberst dich.«

»Und Mary«, fügte ich hinzu, »mach dir über einen möglichen Verlust deiner Anstellung keine Sorgen. Mr. Holmes hat viele einflußreiche Freunde. Ich bin sicher, da kann man etwas für dich und Will arrangieren.«

Sie ergriff meine beiden Hände und wollte etwas sagen. Als befürchtete sie jedoch, zu emotional zu werden, eilte sie dann aber aus dem Zimmer.

Am Vormittag des nächsten Tages waren Mrs. Warner und ich im Zug auf dem Weg zurück nach London.

»Also, du kannst wirklich stolz auf dich sein, Emma Hudson«, meinte meine Kameradin lächelnd, als wir einander gegenüber unsere Plätze einnahmen.

»Du solltest deinen eigenen Beitrag nicht übereilt mindern«, erwiderte ich lächelnd.

»Ja«, sprudelte sie mit mädchenhafter Begeisterung her-

vor, »wir zwei geben schon ein tolles Paar ab, oder? Ich kann's kaum abwarten, deinem Mr. Holmes alles zu erzählen.«
»Oh.«
»Wieso, was ist los, Liebes?«
»Es ist nur, nun, wenn ich du wäre, würde ich Mr. Holmes oder auch Dr. Watson nichts von deiner Fähigkeit zu ...«
»Abzuheben?«
»Ja«, kicherte ich, »abzuheben. Eigentlich«, fügte ich hinzu, »ist es wohl am besten, wenn wir diesen gesamten Aspekt für uns behalten.«
»Was sie nicht wissen, kann sie nicht stören, ist es das?«
»So ungefähr.«
Stahlräder klickten durch eine unendliche ländliche Gegend, in der ein leicht gepuderter Schnee sein Bestes tat, um die nackten Novemberfelder zu bedecken. An einem Bahnübergang wedelte ein kleiner Junge fröhlich winkend mit den Armen, als wir vorbeirauschten. Hinter dem verdreckten Fenster erwiderte ich das Winken mit einem Lächeln.
»Was hast du eigentlich für Pläne, wenn wir nach London zurückkommen?«
»Wie?«
»Entschuldigung, Liebes. Ich wollte dich nicht erschrecken.«
»Nein, das ist schon in Ordnung«, antwortete ich. »Hab' nur vor mich hin geträumt. Was ich für Pläne habe?« nahm ich dann ihre Frage wieder auf. »Wie meinst du das?«
»Nun, ich dachte, vielleicht könnten wir uns selbständig machen, im Detektivgeschäft.«
»Möchtest du, daß ich Mr. Holmes und Dr. Watson kündige?« erwiderte ich heiter.
»Nein, das nicht«, antwortete sie recht ernsthaft. »Wir könnten es aber doch zeitweise wirklich machen. Ich bezweifle, daß wir sehr viel zu tun hätten. Vielleicht die merkwürdigen Fälle, für die dein Mr. Holmes keine Zeit hat.«

Für Vi war es anscheinend immer noch »mein« Mr. Holmes.

Obwohl ich es ihr gegenüber nie zugab, hatte ich selbst schon mit der Idee, als eine Privatdetektivin weiterzuarbeiten, gespielt. Die Frage stellte sich nur, ob man einen Beruf annehmen sollte, der einen gewissen Aspekt der Gefahr in sich barg, oder sich mit dem Los zufriedengeben sollte, einfachen Haushaltspflichten nachzugehen.

»Darüber könnte man nachdenken«, lautete meine unverbindliche Antwort, woraufhin ich meinen Blick wieder zum Fenster hinaus richtete.

»Wegen Mary«, sagte Vi, womit sie meine Träumerei erneut unterbrach, »woher hatte sie Noras Mantel?«

»Immer noch mit den Gedanken dort, nicht wahr?« fragte ich lächelnd.

»Nun, es ist so, wie du sagst. Ich möchte nur all die losen Enden in meinem Kopf zusammenfügen.«

»Von dem Inspektor«, antwortete ich. »Nachdem ich mit Will nach Twillings zurückgekehrt war, arbeitete ich für den Inspektor die Szene aus, die Mary spielen sollte. Nach einer sanften Überzeugungsarbeit meinerseits erklärte er sich mit der Idee einverstanden. Wenn ich sie aber als den Geist des toten Mädchens erscheinen lassen wollte, brauchte ich Noras Mantel, zumindest um den entsprechenden Rahmen zu schaffen. Es tut mir leid, daß ich dich nicht in die Scharade einweihen konnte, Vi, aber ich brauchte eine ehrliche Reaktion von dir, sobald Mary als Nora in Erscheinung trat.«

»Tja, nun, die hattest du wirklich. Dachte, ich fall' selbst tot um, als sie auftauchte. Aber was den Mantel betrifft«, fuhr sie auf ihre ursprüngliche Frage zurückkommend fort, »der Inspektor brachte ihn mit, als er später an dem Abend kam, richtig?«

»Genau. Und«, fügte ich hinzu, »als ich an dem Nachmittag zurückkam, ging ich mit meinem Plan zu Mary. Nachdem ich sie über die Freilassung von Will in Kenntnis gesetzt hatte, war sie so froh, daß sie mir auf jede ihr mögliche Weise helfen wollte.«

»Und so wie ich Emma Hudson kenne, war sie es, die ihr Haar wie das von Nora frisierte und ihr dieses Lied beibrachte.«

»Genau das ist geschehen.« Ich lächelte. »Wie scharfsinnig von Ihnen, Mrs. Warner.«

»Danke sehr, Mrs. Hudson. Aber von Ihnen erst! Dies wär' mit Sicherheit kein Fall für Mr. Holmes gewesen!«